極めて傲慢たる悪役貴族の所業
III
The Deeds of an Extremely Arrogant Villainous Noble

「──私が全力を出しても敵わない
圧倒的に強い男に組み伏せられッ!!
所詮は無力な女でしかないのだと
分からされたいんだッ!!」
エレオノーラ・
レーネ・
ゴドウィン

アリス・
ルーン・
ロンズデール
ミア・
クライン・
レノックス

フレイア・ウェン・エレフセリア
アメリア・フォン・エレフセリア
「姉上、場を弁えてください」
「や、やっぱり……その首輪は闇魔法で作られているんだ……へへへ」

「いいぞ。——こい」
ルーク・
ウィザリア・
ギルバート

「ルークくん……
僕と戦って欲しい」
アベル

Character 《登場人物》

The Deeds of an Extremely Arrogant Villainous Noble

◉ルーク・ウィザリア・ギルバート	《俺》が転生したファンタジー小説世界の"悪役貴族"。 あらゆる物事を努力せずに成せる怪物的な才能を持つが、 それ故に自惚れ、破滅する運命にあり——？
◉アリス・ルーン・ロンズデール	有力貴族の長女でルークの婚約者。 才色兼備を体現した氷の美女で、 ルーク以外は基本的に見下している。
◉ミア・クライン・レノックス	アリスとは伯爵家同士の顔見知りで、 ライバル意識を持っている。 ルークに運命を翻弄される一人。
◉アベル	この世界の"主人公"。 底抜けのお人好しで善人だが凄惨な過去を持ち、 強さを追い求めてアスラン魔法学園に入学する。
◉リリー・エイクリル・ラムリー	何かと無茶をするアベルを気にかけ付き添う、 強気で健気な乙女。
◉アルフレッド・ディーグ	ギルバート家に仕える執事でありルークの剣の師。 元王国騎士団副団長。
◉クロード・グレイ・ギルバート	王に次ぐ領土を持つ大貴族の当主であり、ルークの父。 重度の子煩悩。
◉ヨランド・エリアス・ロンズデール	アリスの兄。生粋のシスコンだが、 政略・魔法戦闘においてはかなりの切れ者。
◉アメリア・フォン・エレフセリア	属性魔法研究局長であり、 ルークに初めて魔法を教えた魔法鑑定官。
◉ザック・カリソン	Aランク冒険者パーティー『灰狼の爪痕』の剣士。
◉ポルポン・レヴィ・ディーネ・ミレスティア	ミレスティア王国の第二王子。 アスラン魔法学園の二年生。
◉フレイア・ウェン・エレフセリア	アスラン魔法学園一年生の担任教師。 アメリアの妹。
◉エレオノーラ・レーネ・ゴドウィン	アスラン魔法学園二年生にして序列一位。 ルークの幼馴染。

極めて傲慢たる悪役貴族の所業Ⅲ

黒雪ゆきは

角川スニーカー文庫

24152

目次

contents

The Deeds of an Extremely Arrogant Villainous Noble

illustration: 魚デニム

design work: atd inc.

第一章　活躍と暗躍

1

「はぁ……」

エドモンド・デイル・エディトール。

ミレスティア王国にて秘書官を務めるその男は、隠そうともせずため息をついた。これから自身が仕える王に報告せねばならない事実のことを考えれば、ため息の一つや二つ、三つ四つはつきたくなる。

彼は現在階段を上っている最中なのだが、いっそのこと踵《きびす》を返し、そのまま暫《しば》しの休暇を願い出るのも悪くないかもしれない。自分は十分働いている。働きすぎているくらいだ。休みをとって然《しか》るべきであり、何人たりともそれを妨げることは許されない——はず。そんなことを考えてしまうくらいには憂鬱なのだが、エドモンドにはここから逃げ出す勇気などありはしなかった。心がいくら逆らったとしても、足は止まることなく歩き続ける。

結局ただ目の前の現実を甘受するしかない自分に嫌気がさす。王城には数多くの部屋が存在しておりその用途も様々である。エドモンドが向かっているのは二階にある執務室だ。

そこへ近づくにつれ、ただでさえどんよりした心がより一層暗くなっていく気がした。

「…………エドモンドです」

数回ノックした後、ドア越しでも聞こえるよう少しだけ声を張り上げた。それだけでどっと疲れが押し寄せてくるようだ。

「入れ」

入室の許可を告げる声。

エドモンドにとっては地獄へと誘《いざな》う声に他ならない。

「…………失礼します」

少しだけ間を置き、この部屋に入りたくないという陰鬱とした感情を心から追い出してから、ゆっくりと扉を開けた。普段であればこの部屋に多くの人間がいることなどないが、エドモンドの目には十人を超える者たちの姿が映った。王『メンギス』はもちろんのこと、彼から見ても選《え》りすぐりの優秀な臣下たち。

さらには王が全幅の信頼を置く側近であり、近衛を務める双子の魔法騎士、『ハリー』と『タッカー』の姿さえもあった。

彼らは皆部屋の中央に置かれた巨大なテーブルを囲っている。エドモンドが入ってくるまで会議を続けており、それが白熱していたことは無造作に散らばった幾つもの資料が物語っている。内容に関しては言うまでもない。今回襲撃事件のあった、アスラン魔法学園の件だろう。

警備面の見直しを含めた学園再開の目処《めど》はすでに立っている。今、この場にいる者たちを最も悩ませているのは派閥問題だ。

襲撃事件によって併発するはずだった問題、特に貴族に関するもの全てを、貴族派閥筆頭たるギルバート侯がほぼ一人で収めてしまったことが、あまりにも都合が悪いのである。

この学園には有力貴族の跡取りも多く通っている。だからこそ、今回の襲撃事件に対する貴族からの不平不満はとても大きなものだったはずだ。しかし、その手段は不明であるが、ギルバート侯は恐ろしく短期間で事態を鎮静化してみせた。まさしく魔法のように。

これによってギルバート侯の求心力が著しく増し、王派閥から貴族派閥に鞍替《くらが》えする貴族が今も後を絶たない。また、今回の襲撃の標的が恐らくギルバート侯の子息であろうこともその流れに拍車をかけ、中には侯を聖人君子であると持《も》て囃《はや》す者までいる始末。

つまり、長年均衡を保ってきた王派閥と貴族派閥の勢力バランスが、今まさに崩壊しようとしているのだ。当然、王としてそれは看過できない。

この会議の主な議題はそれである。だが残念ながら、会議は白熱するも未《いま》だめぼしい解決案は出ていない。

誰も口にはしないが、この部屋には名状しがたい苛立《いらだ》ちの雰囲気が漂っていた。秘書官エドモンドはそれをひしひしと肌で感じ、より一層憂鬱な気持ちになる。——それでも、言わなければならない。

「戻ったかエドモンド。して、報告を聞こう。まさか悪い知らせではなかろうな？」

「…………」

王の眼光がエドモンドを貫く。

その瞬間、肩が鉛のように重くなった気がした。

（……か、帰りたい……帰りたすぎる……）

助けを求めるように目を走らせれば、ちょうど休憩のタイミングを見つけたからか、多くの者が手を止めエドモンドに目を向けていた。

「ふぁ〜」

端の方では、魔法騎士である双子の片割れ、ハリーがつまらなそうにソファーに寝そべり、あくびをしていた。

（仮にも王の御前で寝そべってあくびかい！　ええ身分じゃのォ！　この穀潰《ごくつぶ》しが！）

エドモンドは現実逃避がてら心の中で常日頃思っている不満をぶちまけた。

「えー、ある者が属性竜《エレメンタル・ドラゴン》を手懐《てなず》けたという報告を受けまして……」

「ほう！　あの属性竜を！　それは素晴らしいではないか！　我が国の魔法師団の者か？　当然王派閥に属する者であろうな！」

「………」

エドモンドは思った。なんでこんな職についたのだろう、と。

弟の方ばかり可愛《かわい》がり、自身に全く関心を持たない両親を見返したくて必死に努力した。下げたくもない頭を下げ、有力貴族に媚《こ》びてコネを作り、ようやく手にした秘書官という職。決まったときは本当に嬉《うれ》しかった。実際、収入と名誉に関してはとても満足している。

だが時折考えてしまう。今、自分は本当に幸せなのか。仕事、仕事、仕事、そしてまた仕事。まさしく忙殺される日々だ。なんの感慨もなく、ただただ与えられた務めを果たすのみ。それで自分は本当に幸せといえるのだろうか。

エドモンドはそんなことをぼんやりと考えながら、大きくも小さくもない、抑揚のない声で告げた。

「……属性竜を手懐けた者の名は『ルーク・ウィザリア・ギルバート』。——ギルバート侯のご子息でございます」

刹那の静寂。そして——

「ま、またしてもギルバートなのかアアアアアアアアッ!!」

王メンギスの血を吐くような絶叫が城中に響き渡った——。

§

——王都、第二魔法師団本部。

「……こ、こんにちは……ヨランド先生」

「あ、来たね！　ごめんね、急に呼び出しちゃって。忙しくなかった？」

「い、いえ……」

ヨランドが座しているとある部屋。

　そこへ濃い紫の髪をした少女が不安げな面持ちで入ってきた。ヨランドは薄い笑みを浮かべる。大半の女性ならばうっとりと見惚《みと》れてしまうような、そんな笑みだ。

「適当に座って。えっと……シトリカさんでいいよね？　ハウゼン男爵家の」

「……は、はい。そうです」

「アスラン魔法学園の一年生。僕の妹と同級生だよね」

「はい……あの、ヨランド先生。話というのは――」

「あはは。そんな身構えなくていいよ、大した話じゃないからさ」

　ヨランドは楽しそうにニコニコと笑いながら、手元の資料をペラペラとめくる。だがすぐにその資料を手前のテーブルに置き、シトリカの方を向いた。

「君だよね。アスラン魔法学園の襲撃を手引きしたの」

「――えっ」

　それはあまりに唐突だった。

「君の家、没落しかけているよね。たぶんその弱みを誰かに利用されているのかな。僕ならそうするし。それにしても無能な一族だよねー。優秀な君を授かったことで首の皮一枚繋《つな》がった感じか」

「え、あ、あの……」

先程までと変わらずヨランドの雰囲気は穏やかなものだ。しかし発せられる言葉はまるで鋭利な刃物のように鋭い。

「うん、君の『睡眠』って属性も都合がいい。ね、合っているよね？　君でしょ、手引きしたの」

「と、突然なんなんですか！　しょ、証拠はあるんですか？」

シトリカは勢いよく立ち上がった。それによって、座っていた椅子が床に倒れる。

「僕は友達が多くてね。いろんな情報を擦り合わせた結果、君だと確信している。それと、何か勘違いしているみたいだけどね。誰が犯人かなんて僕はどうでもいい。証拠なんてそもそも必要ないのさ」

「……どういう意味ですか」

「重要なのは、犯人として都合がいいのが君だって事実。この資料はさ、僕が捏造《ねつぞう》した君が犯人であるという証拠なんだ」

「そ、そんなこと許されるわけっ――」

「許されるよ。没落寸前の貴族と、第二魔法師団副団長の僕。王国の民はどっちを信じるかな？」

「……っ」

「それに、僕の大切な妹が今少しだけ疑われているんだよね。アリスはあらゆる『毒』を自在に生み出せるからさ」

「で、でもそんなこと――」

「――まだ、わからないかな？」

ヨランドの雰囲気が一変した。シトリカに向けられているのは、感情が一切ない底冷えするような目。

「僕はね、心底どうでもいいんだよ。僕にとってなんの価値もない、君のような人間がどうなろうと」

「…………」

なぜか、シトリカはそれが本心であると心から理解した。理解してしまった。

その瞬間、心からあらゆるものが抜け落ちていき――最後に残ったのは、深い絶望のみ。

（こ、この人は……本当にどうでもいいんだ……）

終わる。全てが終わってしまう。泣きながら、貴方《あなた》だけが頼りなのよと言う情けない母親の顔が浮かんだ。冷たい何かが頬《ほお》を伝った。

「あはは。ごめんね、ちょっと怖がらせすぎたかな？」

「……え」

ヨランドの纏《まと》う暗い雰囲気が霧散する。色んな感情がぐちゃぐちゃで、シトリカは今自分がどんな表情をしているのかすら分からなかった。

「考えてみてよ。こんなことを言うためだけに、君を呼ぶわけないでしょ？　本当に君を犯人に仕立て上げるつもりなら、もっとこっそりやるよ」

とても楽しそうにヨランドは笑う。

「……じゃあ、何が目的ですか？」

光の見えない暗闇を彷徨《さまよ》っているかのような不安げな表情で、シトリカは尋ねた。

しかし、ヨランドの返答はとてもシンプルなものだった。

「君、今日から僕の駒ね」

「……へ？」

何を言われたのか、即座に理解することはできなかった。

「君に拒否権がないのは理解しているでしょ？　これから僕の命令には絶対服従ね。とりあえずは、今のままでいいよ。どうせ、何も分からないでしょ？」

「え、あ、あの……」

「大丈夫、君を通して僕が黒幕は見つけるから。安心してね」

「…………」

それは安心していいのか。もはや、シトリカには何も分からなかった。唯一理解できたのは目の前にいる男が邪悪であるということと、とりあえずはこれまで通りの日常が送れそうだということ。

（……はは、やっぱり僕とルーク君では支配の本質が違うね。心を支配し、心酔させ、真の駒へと変えてしまう君とは――）

だが、ヨランドはそれでよかった。

とりあえずの目的は果たせた。今はそれでいい。

実は、今回の襲撃事件はヨランドに大きな恐怖を与えた。ようやく見つけた楽しい未来を壊されそうになったからだ。もう二度と同じミスはしない。黒幕は必ず見つけ出し、この世に存在するありとあらゆる苦痛を与えて殺す。

楽しそうな表情を一切崩すことなく、ヨランドはそんなことを考えていた。

そのとき、扉をノックする音が響いた。

「――ん、どうぞ」

「失礼します」

「……え」

シトリカにとって、その光景はとてつもなく異常だった。入ってきたのはゴルドバ。第二魔法師団団長として名を馳《は》せている男だ。であるはずなのに、ゴルドバはヨランドに深々と頭を下げている。これは絶対におかしいことだ。

ゴルドバは小走りでヨランドのもとへと向かった。

「至急、お伝えしたいことがありまして。実は――」

耳打ちしているため、シトリカには何を言っているのか分からない。ゆえに、ただ様子を窺《うかが》うことしかできず――

「なんだって!?　あはははは!!　やっぱり君は最高だよルーク君!!　もちろん、そのパーティーにはぜひ出席させてもらうよ!!　――あ、そうだ、君もおいでよ。僕が紹介してあげるからさ」

「……え」

ヨランドの命令には絶対服従。シトリカに拒否権などありはしない――。

§

――シトリカ・ディー・ハウゼン。

彼女が内通者であると発覚するのは、当然物語のもっと後半だ。アベルと交友を深め、共に数々のイベントをこなし、物語に深く関わったうえで、シトリカは涙ながらに真実を懺悔《ざんげ》するというのが本来の筋書きである。

しかし、狂ってしまった物語は様々な分岐を重ね、彼女はこの日ヨランドの駒へと成り下がってしまったのだった――。

2

現、ミレスティア王国国王――『メンギス・シャリオン・ディーネ・ミレスティア』。

歴代の王と比較すれば、彼の為政者としての能力は優れている方である。自身を大きく見せようとする気質が強すぎることは欠点かもしれないが、求心力が不可欠な大国の王という立場を考えれば、それが長所となる場面は意外なほど多い。

また、周りの臣下や子供の能力にも恵まれている。しかしそれは、彼が持つ『運』という属性を宿した魔力に由来するものだ。

自ら優秀な者を選出したわけではないが、秘書官エドモンドをはじめ、それぞれの分野において秀でた能力を持つ者が時を同じくして数多く王宮に集まったのである。

ただし、集ったその優れた才ある者たちの能力を、派閥闘争へと向けなければならない現在の状況は不幸と言えるだろう。だがこれほどの人材が集っていなければ、ルークの父クロードらによる王位簒奪《さんだつ》の準備がすでに完了していたであろうこともまた事実だ。

そして、メンギスが溺愛している第一王子『アレクドラ』が、第一魔法師団現団長である。その地位は権力によってではなく、アレクドラの紛れもない天賦の魔法の才によって得たものだ。

「え……倒したんじゃなくて手懐《てなず》けたの？　――激アツじゃん。タッカーできる？」

「いや、無理だ。俺は不器用だからな。竜などという傲慢の化身を一体どうやって手懐けたのか……。何かと話題に上がるこの少年には興味が尽きない」

「だよな。俺も倒すことはできると思うけど、手懐けるってのは――」

「ええいッ！　静かにせい！」

王の一喝。

空気が引き締まる。支配者としてこの場を制したのではなく、ただ単純にこれ以上ギルバート家の者の話を聞きたくなかったがゆえの、苛立《いらだ》ちに任せてのものだ。しかし、大半の者には支配者としての威厳ある姿に映ったことだろう。

「……お前たちには大きな『自由』を許している。この程度のこと、できてもらわなくては困るぞ」

「ハハ、こりゃ手厳しい」

「俺、不器用なんですが……」

自身の配下が他に劣っているという屈辱。王メンギスが感じているのはそれだ。

ハリーはヘラヘラと笑って王の言葉を受け流し、タッカーは深刻に受け止めた。双子である二人だがその反応は対極である。

「あのぉ……陛下。発言をお許しいただけますでしょうか」

恐る恐るといった様子で発言の許可を求めたのは、秘書官であるエドモンドだ。

頭の中ではこんな仕事今すぐに辞めたいと思いつつも、悲しいかな、身体が淡々と責務を果たす。今ここで必ず確認しておかなければならないことがあるのだ。

「ええ……ギルバート侯が属性竜撃退を祝してのパーティーを開くとのことでして――」

「誰か送っておけ」

「……え」

「そうだな。あの魔法省の鑑定官を送れ。以前もそうしたであろう」

「ですが、その――」

「分かったな？　頼んだぞ、エドモンド」

「……かしこまりました」

えも言われぬ迫力がメンギスにはあった。それは、生まれ持った支配者のオーラである。

だからエドモンドはこれ以上何も言えない。自分は忠告しようとしたが、王がそれを許さなかった。ならばもう仕方がない。これ以降の責任は自分にはないと、エドモンドは淡白に頭を切り替えた。

（……いや、王城に招けよ。盛大にパーティー開いたれよ。それが筋ってもんだろ。王としての最低限の体裁は保てや。こういうときこそ、懐の深さをアピールするチャンスなんじゃ。派閥闘争のことばっか考えて、他のこと何にも見えんくなっとるやんけこのボンクラがッ！　あー、もう知らん！）

精神の自由。

せめてもの反抗として、エドモンドは言葉にすることなく王を罵った。これが、ストレスの多い秘書官という職を今まで続けてこられた秘訣《ひけつ》なのである。

§

「ルーク様おはようございます！」

「あ、ドラゴン倒した人！」

「るーくさまー！」

「ままー、あのひと偉いのー？」

「とても偉大な御方《おかた》よ。ほら、ママの真似《まね》して頭を下げなさい」

ルークが街を歩けば多くの者が足を止め頭を下げる。加えて、子供に妙に人気があった。

竜は誰もが知る強敵。その支配者という肩書きの『凄《すご》さ』は、子供でさえも容易に理解できた。また――

「……ルーク様、周りの人間共が奇妙なポーズをしてこちらを見ております。もし目障りなら我が――」

「――黙れ」

「ひぃぃ、ももも申し訳ありません！」

小さなぬいぐるみ程度の大きさとなった氷竜がルークの傍《そば》をぱたぱたと飛んでいるのだから、この事実が真実であると誰しもが受け入れざるを得ない。

全ての竜がこの能力を有しているのかは今のところ不明だが、なんと氷竜は身体を小さくすることができた。これまでこの能力は図鑑において、あくまで不確かな説として記されていたものである。

竜と遭遇したという記録は数あれど、巣を能動的に見つけたという記録は恐ろしく少ない。そのため、竜は何らかの気配を消す固有能力を有していると予想されていたのである。

今回のルークの功績はそれほど大きい。

また驚くべきことに、氷竜が小さくなればその体重も軽くなっている。つまり、質量が保存されていないのだ。これは構成する原子の変化、もしくはその総量が減っているということに他ならない。

まさしく竜は魔法生物なのである。

とはいえ、この能力の発覚により氷竜をマスコットにするというルークの計画は、さらに成功の兆しを見せている。

（……ククク、有象無象共が身の程を弁《わきま》え頭を垂れる。悪くないな）

ルークとしてもこの状況は満更でもなかった。端的に表現するなら、尊敬の眼差《まなざ》しを向けられるのは気分がよかったのである。ただし――

「あっ、ルークくん！」

「ちょっとアベル！　急に走りだすんじゃないわよ！」

「…………」

こちらに嬉《うれ》しそうに走ってくるアベルとリリーを見つけ、晴れやかだった心に雲がかかり始めた。

（……コイツらいつまでいるんだ）

アベルたちはまだギルバディアに留《とど》まっていた。

「おはようルークくん！」

「やっぱり可愛《かわい》いわねその子」

「………」

「人間風ぜ……あっ、その、なんでもありましぇん」

主たるルークもまた人間。

反射的に罵倒しようとしたが、その事実を思い出し氷竜はシュンとした。

「実はね、ルークくんがあのとき使っていた技を僕も練習しているんだ！　大丈夫、教えてなんて言わないよ。できたら見せに来るからね！」

「………」

なんで見せに来るのか。誰も頼んでいないというのに。

ルークはその意味の分からなさに言葉を失った。

「それじゃまたねルークくん！　朝の鍛錬をしてくるよ！」

「あ、ちょっとアベル！　ごめんねルーク、またね！」

「…………」

笑顔で手を振りながらアベルは走り去っていった。結局、最後までルークの声を聞くことなく。

「……なんなんだ」

嵐のような奴《やつ》だと思いつつ、ルークは考える。氷竜戦で会得した、剣に宿る未知の力のことを。

あれは——アベルの強さの本質なのではないか、と。

ミレスティア王国の思想。つまり、ルークは無意識のうちにアベルの特異性について魔法を主軸に考えていた。しかし、魔力とは異なる力の存在を知った。感じた。

あれこそがアベルの力の本質なのではないか、と思わずにはいられない。

「——まあいい」

ルークは再び歩き始めた。

どうでもいいことだ。結局、やることは何一つ変わらない。アベルがどんな力を持っていようとも、正面から完膚なきまでに叩《たた》きのめし、どちらが上か分からせるだけだ。

「そういえばお前、雄か？」

「え、雌ですけど……」

どこをどう見たら雄に見えるのか、と氷竜は思ったが決して口には出さなかった。

「そうか。なら、今日からお前は『ディア』と名乗れ」

「ディア……いい名です！　大変気に入りました！　感謝いたします」

ぱたぱたと嬉しそうにその小さな翼をはためかせる氷竜、もといディア。

マスコットとして集客を見込む以上、ギルバディアという都市に由来する名を付けたい。

ルークの思考は、雄なら『ギル』雌なら『ディア』にしようという、恐ろしく単純なものであったのだがあえて言う必要もない。

「これから鍛冶屋へ向かう。約束通り、剣を強化するためお前の素材を貰《もら》うが構わんだろう？　そういう約束だからな。ククク――」

「はいっ！　もちろんです！」

「………………」

気に食わない。コイツはなぜこんなにも嬉しそうなのか。

まったく理解できないまま、鍛冶屋の主人ダルキンのもとへとルークは歩く。

「一つ新たな魔法も思いついた。それもあとでお前に試すか」

「いいいい、痛い……ですか？」

「ククク、さぁな」

「ひぃぃ」

ようやく想定通りの反応をするディアに、ルークは少しだけ満足そうに笑った。

§

「今夜接触する。どうなるかは分からない。本当にいいんだな？」

「うん。任務の失敗は死。どうせ逃げても追っ手が来る。怯《おび》えて、ずっと逃げ続けるなんてまっぴら。私たちには大きな後ろ盾が必要」

「……そうだな」

路地裏からしばらくルークの後ろ姿を見つめ、ターバンを巻いた二人は影に溶け込むように姿を消した――。

3

「お呼びでしょうか、我が君」

「あぁ、よく来たねニコール」

玉座に座る黒髪の少年。

そこへ現れた修道女らしき姿をした美しい女は、恭しく片膝をついた。

「ボクが手に入れた駒。あの国の馬鹿な貴族、覚えてる？」

「もちろんでございます」

「それがね、どうも使えなくなったようだ」

「……なんと」

そんなことがあるのか、とニコールは思った。自らが仕える主に失敗などあるはずがないのに。

「驚いたよ。愚かな権力争いばかりしている者たちだと思っていたけど、知恵者はどこにでもいるものだね。これはボクの落ち度だ。あの国を見誤っていた」

「我が君に落ち度などあろうはずもありません！」

ニコールは思わず声を張り上げてしまった。

「……申し訳ありません」

「いいんだよ」

頭を下げ、非礼を詫《わ》びた。

「――君ならできるかい？『闇』が邪魔なんだ。ボクのために消してくれるか？」

「……っ。なんと……なんとありがたき幸せ！　私めにそれほどの大役をいただけるとは！」

ニコールは歓喜に打ち震えた。主に求められている。必要とされている。それだけでまさしく天にも昇る心地だ。しかし、値踏みするように向けられたその真紅の瞳を見て、ニコールはすぐに平静を取り戻した。まだ何も成していない。期待に応えなければ何の意味もありはしないのだ。

「それで、君ならどうする？　今回の件でよく分かったろ？『闇』は強い。君が直接出向いたところで、返り討ちにされるのが目に見えているんだけど」

「おっしゃる通りでございます」

　彼女に異論はなかった。自分のことは自分が一番よく分かっている。戦うことに関して特別苦手というわけではない。だが、情報通りならば自身が『闇』と直接戦って勝つことなどできない。客観的な視点で、冷静にそう判断したのだ。

「ならどうする？」

「――親しき者に殺させればよいのです。心から信頼する者であるならば、必ずや隙も生まれましょう」

　ニコールは既に頭の中で計画を練り始めていた。なにも、自ら手を下す必要などないのだ。

「ははっ、いいね。期待しているよニコール」

「ははぁ！」

　満足そうに笑う自らの主を見て、途方もない喜びが電流のようにニコールの全身を駆け巡った。

§

「――そういうわけだアリス。パーティーの日程に関しては追って連絡するとのこと。そのつもりでな」

「……ええ、分かったわ、お父様」

「どうかしたか？」

「いえ……でも少し疲れたから部屋で休むわ」

お父様がまだ何か言っていたようだけど、私は止まることなく自分の部屋へと歩きだした。そのまま扉を開け、ベッドに倒れ込み顔を埋める。それから身体を捻《ひね》って仰向《あおむ》けになり、天井を眺めた。

「……最悪だわ」

アスラン魔法学園襲撃事件。

その調査と称して衛兵が時折家に来ては、私の話を聞きたがる。本当に鬱陶しい。手引きしたのが私ではないかと疑っているのが透けて見える。そんなこと、天地がひっくり返ってもありはしないのに。

だからここ三週間ほどルークと連絡が取れていない……いいえ、それは言い訳。

本当は待っていたの。ルークから連絡がくるのを。会いたいと、言ってもらえるのを。

私のこの想《おも》いが一方的ではないという証明が欲しかった……その欲が、最悪の結果を招いてしまった。

——氷竜。

子供でも知っている属性竜の一角。その氷竜を屈服させ支配したという、耳を疑うような偉業をルークは成した。

本当なら喜ぶべきこと。実際、ルークが成したことは素直に嬉しい……けど。

——まさかの私の属性と丸かぶり。

そのとき、ふと一つの悍《おぞ》ましい考えが脳裏を過ぎってしまったのだ。この三週間、本当にムラムラする日々だった。よくないと分かっているのに、どんなに耐えても三日に一度は自慰に耽《ふけ》ってしまう。

それでも、ルークに求めて欲しいという思いの方が強かったからこそ我慢した。本当なら、今すぐにでもギルバディアへと赴き、昼だろうと夜だろうとベッドに押し倒したい。淑女のすることではないが、一度あの快楽を知ってしまえば我慢することなどできない。

でも、ルークからの連絡は未《いま》だにない。

その理由は——氷竜なのではないのか？

一説によれば、竜は人間よりも高度な知能を有しているという。そして、嘘《うそ》か本当か分かったものではないけれど、大陸の南方には竜と人の両方を祖先に持つ『竜人』という種族が存在していると文献で目にしたことがある。つまり、氷竜と従魔以上の関係になっている可能性もゼロではないわ……！

だからルークは私に連絡してこなかった。竜とあんなことやこんなことをして、満たされていたから――。


こ、これが――寝取られ……？


そんな悍ましい考えが浮かんだ瞬間、胸が締め付けられるような痛みと共に、なんとも名状し難い情欲が駆け巡り、身体が熱くなるのを感じた。

「……ハァ……ハァ」

下腹部に伸びそうになる手を、私は理性を総動員して止めた。これは絶対によくない。後戻りできなくなってしまう気がする。

一時の快楽に身を任せて全てを失うなんて愚かな真似《まね》は、絶対にごめんだわ。

「……こうしてはいられない」

私は一刻も早くギルバディアへと向かうべく、お父様のもとへと急いだ。

§

「お、ミアちゃんおかえり！　今日もすげーな！」

「うへー、やっぱ属性魔法ってやべー」

「ガハハハ、我らも負けてられんな！」

ミアがギルドへと戻ると、多くの者が声をかける。そう、現在彼女はソロの冒険者として活動しているのだ。


――全てはルークに必要とされるために。


ルークが冒険者になったという情報が入ってきたとき、彼女は自分も冒険者となることを決めた。そうすれば、必ず必要とされると考えたから。冒険者はソロだと何かと不便なことが多い。それは活動を始めてすぐに分かったし、今も実感し続けている。

爵位という枷《かせ》がある彼女がそれでも冒険者を続けている理由は、偏《ひとえ》にルークの役に立つため。しかし――

（……今日もルークから連絡はこない。自分から連絡しようかな……でも……）

迷惑がられるかもしれない。ウザがられるかもしれない。そう思うと、ミアは足が竦《すく》む。

それに、そんなことをすればアリスを出し抜いているようで気が引けた。

「………」

適当に依頼をこなしているうちに、あっという間にAランクの冒険者となってしまった。

最初こそ貴族であるということで他の冒険者たちから疎まれていたが、彼女の卓越した実力を見せつけられれば認めざるを得ない。貴族らしからぬ愛くるしさがあり、誰とでも分け隔てなく接する彼女が人気を得るのに時間はかからなかった。

「ん、どうかしたのかい？」

「いえ……ちょっと考え事をしてただけ」

「ふーん。あ、そうだ。王国七番目のSランク冒険者がギルバディアで――」

「その話詳しくっ!!」

「えっ!?」

――ギルバディア。

ミアの恐ろしく研ぎ澄まされたセンサーにその単語が引っかからないはずがない。何も知らず、世間話程度にその話題を振った男は見たこともないミアの迫力に気圧《けお》された。

「ど、どうしたんだミ――」

「早くっ！　話の続きを！」

「え、あぁ……王国七番目のSランク冒険者がギルバディアで出たらしいんだ。しかもお前さんと同じソロなんだとよ。名前は確か……」

「――ルーク、ですか？」

「そうだそうだ！　領主の嫡男らしいんだが、なんと氷竜をぶちのめして、手懐けちまったらしいんだよ！　しかも一人でな！　まったくとんでもねぇよ！」

「……そう、ですか……」

「ど、どうしたんだミアちゃん⁉　ミアちゃんだってすげーよ！　俺は次のSランクは絶対ミアちゃんだって――」

男はまだ何か話していたが、ミアは虚《うつ》ろな目をしたままよろよろと歩き始めた。制止の声も聞かずそのままギルドから外へと出た。

「下が……ちゃう……」

ミアからポツリと零《こぼ》れた言葉。

氷竜を討伐したのなら何も問題はなかった。婚約者として誇らしいのはもちろん、お祝いという口実で会いに行けるのだから、むしろいいことしかない。しかし、『手懐《てなず》けた』

というのは彼女にとってはとても受け入れ難いことだった。

ミアは虚ろなままとぼとぼと屋敷へ戻り、そのまま自室のベッドに倒れ込んだ。

「下がっちゃう……」

手懐けたということは、ルークの駒が増えたということに他ならない。それは、彼女の中で明確につけられている『順位』が脅かされかねないことを意味する。男も含めた中での、ルークに必要とされる者の順位だ。

これは決して譲ることのできない彼女のアイデンティティ。自分よりもルークに求められる存在として、アリスだけは認めている。しかし、自分よりも後にルークの駒になったくせに、自分よりもルークに必要とされる存在など許せるはずがない。

許せるはずなどないのだ。

「下がっちゃう下がっちゃう下がっちゃう下がっちゃう下がっちゃう下がっちゃう下がっちゃう下がっちゃう下がっちゃう下がっちゃう下がっちゃう下がっちゃう――」

属性竜《エレメンタル・ドラゴン》を駒にしたのなら、自分よりもルークに必要とされる可能性がある。そう考

えた瞬間、彼女の心は暗く沈んでいく。

「……早く、行かなきゃ」

ミアもまた、一刻も早くギルバディアへと向かうことを決めたのだった。

§

――『エルフ』。

人間の約七倍の寿命を持ち、極めて高い魔法適性を有している種族。とある書物の一節では『精霊の祝福を一身に受けた種族』と表現されている。

能力的には人間を遥《はる》かに凌《しの》ぐ一面を持つ一方で、エルフという種族には致命的な弱点もある。それは、繁殖能力に乏しいことだ。

ある学者は長命であることの弊害であると推測しているのだが、繁殖期が決まっており三年に一度しか子供を作れない。またエルフの国というものはなく、幾つかの部族に分かれ、イスプリート大森林の各所に集落を形成し生活しているのが一般的だ。なかには友好的な部族もあり、人間の国へと赴く者もいるが、エルフという種族的な視点から見ればそれは『変わり者』の部類だろう。

ほとんどの部族は閉鎖的で人間との交流は皆無だが、美形が多いエルフは様々な面において人間にとっての価値が高い。そのため、エルフが攫《さら》われしまうということは往々にして起こることだ。

特にミレスティア王国でエルフを見かけたのなら、それは大抵の場合、奴隷である。どんなに優れた能力を持っていようとも、エルフが『数』で人間に勝ることはできない。どれほど不当なものであろうと泣き寝入りするしかないのである。

多くのエルフはこの現実を受け入れている。しかし当然、そんな弱者としての立場をよく思わず過激思想に走る者たちもいる。

——テロ組織『ヴリトラ』。

太古の昔、世界を覆い隠したとされる邪竜の名を冠したその組織は、エルフのための独立国家樹立を最終目的として行動している。

「笛の回収は？」

「ごめん……アーサー君。人間を雇って探させたんだけど、見つかっていない。あの戦いは僕も遠目で見ていたけど、氷竜に笛ごと呑《の》み込まれた可能性が高いと思う」

「そうか。苦労をかけたね、マリウス。それにしても闇魔法か……アレは人間なんかに扱える代物ではないはずだけど」

「それは僕も思ったよ。希少属性を発現させる人間は稀《まれ》にいたけど、あそこまで力を引き出していた者はいたかな……？　それもたかが十数年しか生きていない赤子がさ」

ヴリトラの首領『アーサー』は考えた。エルフが人間に劣る点はたった一つしかない。数だ。数だけが唯一覆ることのない絶対的な差なのだ。

ならば、それさえ克服してしまえば種としてエルフが人間に劣ることは何一つない。そして作り上げたのが、魔物を支配し操るための魔道具『支配の魔笛』である。現状に甘んじていては、人間共はつけ上がり続けてしまう。

だからこそ、ときに彼らは人間への武力行使も厭《いと》わない。

「まあ、あれはエルフ以外が使えば自壊する魔法が施されている。仮に人間の手に渡っていたとしても問題はない」

「……うん。そうだね」

「どうした？　何か思うことがあるなら聞かせてくれ」

「いや……特に理由があるわけではないんだけど、少し嫌な感じがしてさ。――あの人間」

「それは俺も感じたよ。精霊にも好かれているようだし、気をつけておいた方がよさそうだ。君の勘はよく当たるしね」

「なんで精霊はあんな人間を……」

「駄目だよ、マリウス。精霊はただ俺たちと共にあるだけ。そこに他意はない」

「そうだね……ごめん」

魔道具『支配の魔笛』は未《いま》だ完成していない。改良を重ね、より強力な魔物を支配できるようになってきてはいるが、彼らの望む永続的な支配には至っていないのである。

それが可能となったときこそ、彼らが真に動き出すときだろう。

「………」

ただ、アーサーにはたった一つだけ懸念があった。それはまだ不確かな可能性でしかなく、それを口にすることは同胞の皆を不安にさせるだけだ。

ゆえに、彼は口を噤《つぐ》む。

(――闇魔法、か)

今、この懸念は己の中だけに留《とど》めておこう。だが最悪の事態は避けねばならない。状況を注視し、いざというときは早急に行動せねば。

エルフの青年は少しだけ遠くを眺めた。そして、また別のことを思案し始める。

彼の、いや彼らの宿願を果たすために――。

§

「必ずや!!　必ずやルーク様に相応《ふさわ》しい剣を打ってみせますッ!!　俺の魂をかけてッ!!」

「そ、そうか。期待しているぞ、ダルキン」

「うぅ……うおぉぉぉぉん」

「……いちいち泣くな見苦しい。では、またな」

これ以上長居すれば、なんだかウザ絡みされる気がしたため俺はすぐに鍛冶屋から出た。今はザックもいない。面倒事はごめんだ。

「うるさい人間でしたね。もし、目障りなら我が――」

「いい加減、お前は誰彼構わずすぐに殺そうとするのをやめろ」

語りかけてきた氷竜、もといディアが言わんとすることは皆まで聞かずとも容易に分かる。

「自分にとって都合のいいように動かす。その方がずっと利がある。そうだろう？」

「…………。あー、は、はい……！　その通りでございます……！」

「………」

コイツ、絶対理解していない。だがまあいい。こればかりは生物としての価値観が違うのだ。俺は理解させることを諦め、私邸へと歩いた。

それにしても、竜の生態とは実に興味深い。

身体の大きさを自在に変えられることもだし、鍛冶屋で見せた能力もそうだ。

鱗《うろこ》、爪、牙、その全てを自在に生え変わらせることができた。それで合点がいった。どうりで俺の言葉に一切恐怖を感じないわけだ。

「──『闇の首輪』」

「ふぇっ⁉　ななな、なんですかこれ⁉」

「……ククク、言っただろう？　魔法を試すと」

私邸が見えてきたタイミングで、俺は何も告げず突如として魔法を発動した。その瞬間、闇を凝縮したかのような首輪がディアの首に現れた。

コイツの慌てふためく姿を見るのは、少しだけ気分がいい。しかし、

「いいいい、痛いんですか……⁉　痛いんですねぇぇぇ⁉　うわぁぁぁぁん、嫌だ嫌だ嫌だ──」

「……おい」

「嫌だァァァァ、もう痛いのは嫌だあぁぁぁぁ！　うわぁぁぁぁあん」

「…………」

ディアがやたらと泣き叫び出したことで、すぐに憂鬱な気分になった。完全にパニック状態。いや待て、これは俺のせい……なのか？

……は？　なぜ俺が悪いのか。襲ってきたのはコイツで、俺は返り討ちにしただけだ。何一つ悪くない。むしろ生かしてやったのだから感謝されて然《しか》るべきだ。

「……落ち着け。痛みはない」

「ほんと……ですか？」

だが、こう騒がれてはかなわん。ディアを落ち着かせることが先決だろう。

「裏庭へ回れ。そこで試す」

「……はい」

私邸に到着し、中へ入ることなくそのまま裏庭へと回った。ディアは不安そうで、今にもまた泣き出しそうだ。

「いいか。俺とお前は契約した。それにより、不可視の繋がりができているのをお前も感じるだろ？」

「……はい」

「俺はそれを利用できないかと考えたのだ。俺の『闇』は魔力を奪う。この繋がりを使えば、どれだけ離れていてもお前の魔力を俺が奪うことができる……はずだ。その起点となる魔法が『闇の首輪』というわけだ。その足りない頭でも理解できたか？」

「……つまり、今から魔力を吸われるだけで痛いのはない……のですね？」

「あぁ、そうだ」

「……わかりましゅた」

「………………」

はぁ……疲れる。だが、これは面白い魔法だ。成功すれば、俺は『闇』以外に『氷』も自在となる。まあ、この俺が失敗するわけないが。

「いくぞ？」

「はい……っ」

我慢するように歯を食いしばり、ディアは目を瞑《つぶ》った。まったく、痛くないという俺の言葉を信じないとは、不敬な竜だ。

そんなことを思いながらも意識を集中する。――クク、やはり。ディアの魔力を確かに感じる。あとはこれを奪えばいい。

「――あぅ」

契約による繋がりを通って、ディアの魔力が俺に流れ込んできた。

「クク……ハッハッハッハ!!　やはり成――おい、どうした」

「……ハァ……ハァ」

空中をぱたぱたと飛んでいたディアが突然地面に落ちた。息も荒く、苦しそうだ。

ほんの少し魔力を奪った程度だぞ。一体なんだというのか。

「ディア、苦しいの――」

「クセに……なりそうです。……もっと、して欲しいでしゅ……」

「――っ」

くっ、なんだこれは。強烈なデジャブ。これは一体、何の記憶……ッ!!

しかし、その答えはすぐに分かった。

――『もっと……ハァ……罵倒しなさいよ……罵倒すればいいわ……ハァ……』

「……アリス」

そう、アリスだ。初めてアリスが変貌したあの夜の光景とそっくりではないか。……なんだこれは。どうしてこうなるんだ。

いや、関連性は捨てきれない。俺のせいというよりも、これは『氷属性を宿す者の性』なのではないか？　そうだ。きっとそうに違いない。

その者が持つ『属性魔力』と『気質』の関係性について研究してみるのも面白いかもしれないな。基本の四大属性を軸に考察を進めるべきだろう。『氷』は『水』の派生。ならば、水系統の属性魔力を持つ奴《やつ》は皆こういう気質を隠し持っているということか？　だとしたら『雷』を持つミアの場合は？　特殊属性のヨランドに至っては……——何を真面目に考えているんだ俺は。

「はぁ……」

未だ妙に荒いディアの息遣いを聞きながら、俺は深いため息をついて天を仰いだ。

そういえばしばらく会っていないが——今、アリスはどうしているのだろうな。

第二章　混沌は雷鳴と共に

1

「──《スラッシュ》!!　……はぁ……はぁ……まだ、全然ダメだ。あのときのルークくんはもっと……」

なんとなく感覚は掴《つか》めている。でも……違う。ルークくんの足元にも及ばない。遠くで見ているだけなのに目が離せなくて、どうしようもなく憧れてしまうあの剣さばきとは……。

「はぁ……はぁ……」

ほんの一瞬視界がぼやけ、軽い目眩《めまい》と共に足がよろけた。身体が重い。剣筋もかなり鈍ってきている。今日はもう限界かな……いや、もう少しだけ。あと少しだけやろう。あと、少しだけ……。

「……ちょっとくらい無理しないと、絶対に追いつけない。――それに、やっと分かったんだ」

僕がずっと感じていたけど、掴めずにいたこの力。

なんとなく魔力とは違う気がしていた。でもはっきりとは分からずにいたんだ。

ルークくんの技を実際に見て、それを肌で感じて、やっと明確になった。師匠との修業で、自分を限界まで追い込むことで大きくなっていったのはこの力だったんだ。

力は確かにある。感じる。でも……僕はまだ使いこなせていない。

「必ず、僕も使いこなせようになって――」

「――アベル」

後ろから僕の名前を呼ぶ声が聞こえた。ここはギルドに併設されている訓練場。誰が来てもおかしくはない。だけど、それはとてもよく知っている声だった。

「リリー……？　どうしたの？」

「………」

初めて見るかもしれないリリーの表情。言いたいことがあれば言う。そんな当たり前のことを、当たり前のようにできるのが彼女だ。

　でも、このときは少しだけ言いづらそうにしていた。僕にはそれがなぜなのか分からない。だから、鍛錬で乱れた呼吸を整えながら言葉を待った。

「……こういうことは、あまり言うべきではないのかもしれないわ。でも……聞いて欲しいの」

「…………」

　僕には分からない。リリーが何を言いたいのか。

「アベルは……『ルーク』にはなれないわ」

「……っ」

　その言葉を聞いた瞬間、心臓が跳ねた。きゅっと握られたように苦しくなった。

「アンタがルークに憧れているのは知っている。それもすっごくね。でも……彼と同じ道を、彼と同じ速さで進もうとするのは……よくない気がするの。こんなこと急に……ごめん」

「…………」

　確かに、僕は憧れている。

　隠すつもりなんてない。ルークくんはいつも僕の想像をはるかに超えてくる。

――『絶対的な強さの象徴』。

僕にとってのそれは師匠でもブラッド先生でもない。……ルークくんだ。師匠もブラッド先生もどれだけ強いのか分からないほど凄《すご》い人たちだ。でも、どうしてかな……やっぱり僕にとっての『絶対的な強さの象徴』は君だよ、ルークくん。

「ずっと無理してるでしょ……アンタ。氷竜を撃退してからじゃなくて、アスラン魔法学園でルークに出会ってから……ずっと。私はアベルが凄いことを知っているわ。属性魔法が使えないのにこの国最高の学園に認められた。本当に凄いことだわ。でも、ルークは……ごめんなさい。このまま無理し続けたら、そう遠くないうちにアンタが壊れちゃう気がして、私――」

「――ははっ」

なんですぐ分かってあげられないんだ。馬鹿だな僕は。やっと分かったよ、リリーが言いたいこと。いつも強気で、僕を引っ張っていく彼女が気を遣って、言葉を選ぶなんて似合わないことをしている。

ただ偏《ひとえ》に――僕を傷つけないように。

心配してくれているんだ。

ずっとそうだ。僕は人に恵まれている。あの村で拾われて、僕を愛してくれる人たちに囲まれて、育ててもらって。僕を導いてくれる師匠に出会って、心から心配してくれる友達までできた。

ははっ、こんなにもらっちゃっていいのかな？　……でも、だから尚更《なおさら》欲しいんだよ。この宝物を二度と失わないための、守るための力が――。

「ありがとうリリー。心配してくれて」

「べ、別に！　心配なんてしてないわよっ！　……ただ、アンタに何かあったらちょっとだけ気分悪いと思っただけ」

やっぱり優しいな。平民ですらない僕に、貴族の彼女が同じ目線で話してくれる。これは決して当たり前のことじゃない。

「でも、大丈夫だよ。僕は壊れたりしないから」

「え？」

「僕は頑張ることしかできないけど、『無理すること』はちょっとだけ得意なんだ。いつかはリリーも守れるくらい、強くなってみせるよ。……なんて、かっこつけすぎかな。あはは」

照れくささを紛らわすように僕は笑った。でも、僕の言葉に嘘《うそ》はない。ただぼんやりと今日と変わらない明日が来るなんて思わない。

理不尽は突然やってくる。だから、強くならないと。

「……な、ななな」

「ん、どうしたの……？」

言葉が返ってこないからリリーの方を見れば、彼女はぼーっと僕の方を見ていた。そして――

「生意気……生意気生意気！　全然カッコよくない！　アンタなんて、ただのもじゃもじゃ頭ああああ！」

「……え」

突然叫びだし、リリーは訓練場から走り去ってしまった。必然的に、僕は一人ぽつんと取り残される。訓練場がやたらと静かに感じられた。

「あー、うーん……こういうときルークくんなら……」

困難という名の壁にぶつかったとき、『ルークくんならどうするか？』と考えるのは最近の僕の癖のようなもの。だけど、このときだけは僕と同じように困惑するルークくんの

姿しか思い浮かばなかった――。

§

「俺の村、この都市から遠くないからもう『竜狩り』の噂《うわさ》が広まってんだよ……はぁ」

「まあ、そりゃしゃーねえだろ。あれだけの偉業だしな。なんでそんな顔してんだ？」

モッケルとザック。日が落ち始める頃、冒険者ギルド内の酒場にて二人のAランク冒険者は静かにグラスを傾ける。

「うちの五人の弟全員が憧れちまってんだよ。冒険者になりたがってるすぐ下の弟のレッドなんか、頼むから一回『竜狩り』に会わせてくれって言うんだぜ俺に」

「ハッハハッ、そりゃ災難。……お前、絶対俺に頼んだりすんなよ？」

「……おいザック、俺ら同期だよな？　共に初めてギルドの扉を叩《たた》いたあの日を忘れたわけじゃねーよな？　見捨てたりしないよな？」

「俺が初めてルーク様を冒険者ギルドに連れてきたあの日。仲間だと思ってたここの奴ら全員に見捨てられたこと、俺は忘れてねぇ」

「………………」

モッケルは何も言い返せない。ルークがザックのパーティーに入ると突如として言い出したあの瞬間、確かに目を逸《そ》らしたからだ。何も言い返せないがゆえにただただ睨《にら》みつけることしかできず、そのままグラスに注がれたエールを口に運んだ。

「まったくよー。どうして、どいつもこいつも『英雄』ってやつに憧れちまうのかね」

「どういう意味だ？　憧れること自体は別におかしなことじゃねーだろ」

「だからな、俺は思うんだよ。冒険者になりたいって奴はな、まず『自分は特別じゃないかもしれない』と考えるべきだって。初めてやばい魔物と対峙《たいじ》したとき、呆気《あっけ》なく命を落とすなんてことは珍しくねぇ。経験から学ぶんじゃ遅すぎんだよ、冒険者って職業は」

「いや、モッケル。それは色んな現実見ちまってくたびれたオッサンの考え方だろ。みんな最初は英雄に憧れて、我こそは！　と思ってギルドの扉を叩くんだよ。自分は特別じゃないかも……なんて卑屈な考えの奴はそもそも冒険者になんかならねぇって」

「……ぐぬぬ。一理あるな」

「一理以上あるわ」

ザックとモッケルはお互いにAランク冒険者パーティーのリーダーを務めている。

同期ということもあり、ルーキー時代は嫌でも意識してしまい何かと衝突していた。だが三十を超えた今では二人とも角が取れ、いつの間にか酒を酌《く》み交わす仲となっていた。

パーティーのリーダーという立場が同じなので、自然と似たような経験や苦悩を抱え、共感できるからこそ酒が進む。また、二人とも決して口にすることはないが、冒険者という命の保証のない職業についている者にとって、こういった旧知の友はかけがえのないものなのである。

「ま、お前の言いてぇことも分からなくはないがな」

「だろ？　俺はよ、冒険者にとって何よりも大切なことは『逃げるための嗅覚』だと思ってんだよ」

「おいモッケル勘弁してくれよ。五千回聞いたわその話。酒が入ると毎回同じ話しやがって」

「いいじゃねぇか。ヤバい、と思ったときには既に逃げ出している。これが何よりも大切なんだ。だがこういうとき、自分が『特別』だと思っちまってる馬鹿は逃げることを躊躇《ためら》う。プライドが邪魔すんのさ。冒険者なら立ち向かわなくちゃならねぇと勘違いして、勇敢と無謀を履き違える。遅いんだよそれじゃあ。死んじまったら何にもならねぇのに」

「はいはい、その通りでござんすよ。あ、姉ちゃん！　ジャイアント・リザードの唐揚げ頼むわ！」

「かしこまりましたー！　リザ唐いっちょう！」

「……おい、ザック。脂っぽいもんは控えろよ。明日に響くぞ」

「うるせぇ。余計なお世話だ」

少しずつ酒場も賑《にぎ》わい始める。

冒険者の皆が今日の活動を終え、明日への英気を養うときだ。

「俺みてぇな凡人が『Aランク』までたどり着けたのは、常にこの逃げるための嗅覚を働かせてたからだ。あ、覚えてるか？　ほら、ルーク様が初めてギルドにあの地獄の依頼を出したときをよ」

「……忘れたくても忘れられねぇよ」

「俺はあのときもピンときたぜ。この依頼はなんかやべぇってな。……まあ、受けちまってトラウマになったんだけども。金に目が眩《くら》んだらダメだなやっぱ。『煉獄《れんごく》』なんて結局解散しちまったからなー。ギルマスがあんだけ説得したのに」

「アイツらは人一倍Sランクに憧れてたしな、しゃあねぇよ。俺もアルさんがいなけりゃ、今頃村に帰って畑仕事でもしてたかもな」

「さすが『竜狩り』様といったところかね」

「だとしてもよぉ、当時のルーク様は剣を始めて間もない十歳かそこらだぜぇ？　あんまりだよまったく……はぁ。随分と昔のことのようだぜ」

「ハッハッハ、確か――」

「――ああああ!! アベルの馬鹿あああ!!」

突然、響き渡る絶叫。

「んあ？ なんだぁ？」

ザックとモッケル。二人が同時に目を向ければ、冒険者にはどこか似つかわしくない品のある雰囲気を纏った金髪の少女が走って、そのままギルドを飛び出した。――リリーである。

「あの子は、あー、王都から最近うちに来た二人組の……」

「ちょ、ちょっと待ってよリリー！ あっ、あの……お騒がせしてすみません！」

少し遅れてやってきたアベルがぺこりと頭を下げ、すぐさまリリーの後を追った。

そういえばルークと知り合いっぽかったなあの子ら、などと思いながらザックはテーブルの方に向き直った。

「……ザック、よく聞け。あの黒髪のガキ、俺の逃げろセンサーが僅かに反応した。気をつけた方がいいぞ」

「なんじゃそりゃ。どう見ても人畜無害って感じだが」

「いーや、俺は騙されねぇぞ。いつでも逃げる心構えはしとかねぇと」

「お前はお前で大変そうだな。……てか、リザ唐まだかよ」

少しだけ騒がしい冒険者ギルド。その後も気分よくグラスを傾ける二人。だが、それから三十分ほど経《た》った頃だろうか、変化が訪れる。何の脈絡もなく開くギルドの扉。幾人かの視線が自然と向けられ、入ってきた人物を見て息を呑《の》む。

「だっはっはっ――」

「元気そうだな、ザック」

「……え」

その声を聞いた瞬間、ザックは脳を揺さぶられた気がした。

心地よいほろ酔い気分が全て吹き飛んだ。

「あぁ……こ、これはルーク様……どうも」

「なんだ、一人で飲んでいたのか？」

「え、いや、ここにいるモッケ――は？」

ザックが振り返ると、そこには誰もいなかった。初めから誰もいなかったかのように、跡形もなく。

（あの野郎ぉぉおおおッ！　何が『逃げるための嗅覚』だクソッタレがぁぁッ！）

「あの、そうですね……今日は一人で飲みたい気分で……」

「そうか。まあ、そんなことはどうでもいい。まだ先のことだが、帝国に行くからお前も同行しろ。いいな？」

「あぁ、なるほど帝国……え」

またしても、突拍子もないルークの言葉。

こんなもの天災と変わらないではないかとザックは思ったが、口にできるはずもない。

「えっと……帝国へはどういったご用件で……？」

「そういったことは追って伝える」

「……そうですか」

「今日のところはそれだけだ。ではな」

「はい……お疲れ様です……」

ルークは踵《きびす》を返し、ザックの座るテーブルから離れていく。そして、そのままギルドの扉を開け出ていった。

「はぁ……帝国に行くのは別にいいんだけど……なんだか嫌な予感がすんだよなぁ」

明るくはなさそうな未来に思いを馳《は》せ、ザックはグビッと酒を飲んだ。

すると、ポンッ、と肩に手を置かれた。

「………………」

振り返ると、そこにいたのはいつの間にか退避していたモッケルである。

「ザック、これが逃げるための嗅か――」

「クタバリやがれぇぇぇぇぇッ！」

「――ブヘェッ」

唐突に立ち上がったザックのドロップキックがモッケルに炸裂《さくれつ》。

その光景を見ていた周りの冒険者たちが、喧嘩《けんか》だ、喧嘩だ、と囃《はや》し立てる。

――これは、なんてことはない冒険者たちの一幕。

2

この職業の嫌なところ。それは従わなければならない上の人間が一人じゃないこと。

「どういうことなのかな。エドモンド、話を聞かせてくれるよね？」

「……は、はい……ポルポン殿下」

うっ……胃が、痛い……。王に従えばいいだけじゃない。自分より位の高い人間なんて山ほどいる。何か命令されれば当然従わなければならない。だが、ここで一つ問題がある。一つの事柄に対し、二人以上の人間から両立しえない指示を受けた場合だ……。

「ええ……ギルバート家の嫡男が属性竜を従えたのですが、それはご存じで――」

「当然知っているよ。本当に、さすがルーク君だよね。……でも、それを祝うパーティーを王城で行わないのはどういうこと？　ありえないでしょ」

「…………」

実利よりも、王としてのメンツを保つことを優先する傾向のあるメンギス陛下。第一魔法師団団長としての立場もあり魔法使いとしての腕は確かだろうが、内政にはあまり関心を示さない第一王子アレクドラ様。そう考えると……第二王子ポルポン様は一番まともなのかもしれない。王国の現状も正しく認識しているし。

「……陛下は貴族派閥の勢力が加速度的に大きくなっている現状をよく思っておりません。ですので、このようなご決断を――」

「え、なら尚更《なおさら》招くべきでしょ？　内だけじゃなく外にも王としての威厳を見せるいい機会だと思うんだけど」

「…………」

……あの、俺もそう思います。ただ、俺に言われても困りますよ。本当にやめてください、そういうこと俺に言うの。

「まあ、君にこんなこと言っても酷だよね。ごめん」

「……いえ、恐れ入ります」

「だからルーク君のお祝いには僕がこっそり行こうかなって」

「え……？」

「実はもう、第二魔法師団副団長には話を通していてね。手筈《てはず》は整えているんだ。エドモンド、君にも来てもらうからそのつもりでね」

「なるほどなるほ…………ど……」

正直、物覚えはいい方だと思う。何事もそつなく手早く、難癖をつけられない程度にこなしてきたし……要領も悪くない方だと思う。ただこのときだけは、ニコニコと笑うポルポン殿下の言葉が全くもって理解できなかった。

なんとも名状し難い静寂の中で、脳がショートする音がはっきりと聞こえた——。

§

……平民からすれば、貴族という身分は羨むべきものなのだろう。だが、どうにも息苦しいと感じるときがある。今回もそうだ。もし俺が貴族でなければ、属性竜を支配したことを祝うパーティーなど開かれることはなかっただろう。

「……まったく、面倒だ」

まあいい。煩わしいことに変わりはないが、これは父上や母上、ひいてはギルバート家の繁栄のためだ。とはいえ、やはり今は己の力を高めることを優先したいわけだが……少し寒いな。

「何か言いましたかルーク様？」

「気にするな」

「そうですか。……あのー、やっぱりこれ違和感が――」

「慣れろ」

「……はい」

俺は今、飛んでいるディアの背にいる。

コイツは財宝の収集癖があるらしく、これまで貯《た》め込んだものを献上したいから元の巣へ一度戻りたい、と言い出したのが事の発端だ。ちょうどいい機会だったので、新しく開発した魔法を試そうと思った。コイツの背に乗っているのはそのついでだ。

――『闇の竜鎧』。

この魔法を端的に表現するなら、ディアの鎧だ。使いこなせば、コイツの能力を飛躍的に向上させることができるはず……だが、慣れるまで時間がかかりそうだ。

そもそも、乗り心地が悪そうだったから作った魔法ではあるのだが。

「興味深いものも多い。落とすなよ」

「もちろんです！」

既に財宝は回収済み。今はギルバディアへと戻るところ……やはり寒い。この点は要改良だな……。まったく、やりたいことが多くて困る。――そろそろ、コレの解析も本格的に始めたいところだというのに。

俺は懐から一つの魔道具を取り出した。それは美しい笛。そう、これは不完全だったとはいえ氷竜ディアを支配するほどの強大な力を秘めた魔道具。

――『支配の魔笛』。

あのとき、偶然にも壊れずに残っていたから回収しておいたのだが……実にいい拾いものをした。情報魔法を発動し、軽く解析してみる。

「……幾重にも張り巡らされた防御魔法。この俺でさえも気軽には手の出しようがない。

クク、随分と用心深い」

使用できないのはもちろん、闇雲にこの笛に施されている魔法を解除しようとすれば自壊するようになっている。ゆえに、迂闊《うかつ》に闇魔法を使えない。――まあ、俺なら時間さえあれば必ず解除できるが。……時間さえあれば、な。

まったく、パーティーなど開いて心底どうでもいい貴族共の相手をしなければならないと思うと、気が滅入《めい》る。それもあと数日の我慢。早い者は、そろそろ我が領地に到着する頃だな。

「見えてきました、そろそろ着きますー」

「あぁ」

そんなことを考えているうちにギルバディアの街が見えてきた。最初の頃はディアが上空を飛べば軽く騒ぎになったものだが、領民共も随分と慣れたものだ。

私邸の裏庭へ財宝と共に下りる。そしてディアが魔法の光に包まれ、その巨軀《きょく》を小さなものへと変えた。

「我ながら、なかなか圧巻ですね！」

「そうだな。よくもこれほどの財宝を集めたものだ」

「それであのー……また暇なとき集めに行っていいですか？　恥ずかしながら、財宝には目がなくてですね……」

「構わん。が、俺の名に傷をつけてくれるなよ？」

「わ、分かってますよ……あはは」

「分かっていれば——なんだ？」

そのとき、魔力の気配を感じた。それもかなり強力な。

「……なんですかね？」

当然だがディアも感じ取っているようだ。その気配を辿《たど》ればどうやら私邸の門扉へと続いている。自《おの》ずとそこへ向かい——それを目にした。

「……ほう」

突如出現した魔法陣。その後僅かな時間差で、何もない空間から現れた荘厳華麗な馬車。

掲げられたゴドウィン家の家紋。

すぐに理解した。これが——『空間魔法』であると。

「久しいな、ルーク」

「クク……そうだな、エレオノーラ」

馬車からその姿を見せた俺の幼馴染《おさななじ》み……という設定の女。それにしても、やはりデカいな……いろいろと。

この魔法は十中八九コイツのものだろう。空間魔法か……実に素晴らしいではないか。

「…………」

エレオノーラに続いて馬車から降りてきたゴドウィン卿《きょう》。

「……それが氷竜か？」

静かにそう尋ねてきた。

「それ……だと？　人間風情が――もがぁ！」

「ええ、その通りですゴドウィン卿。恥ずかしながら、躾《しつけ》がなっておりませんが」

「…………」

ディアの口を押さえる俺を、ゴドウィン卿はほんの数秒目を細めて見つめた。そして、

「……以前の非礼を詫《わ》びよう」

頭を下げることなく小さな声でそう言った。

だが、その目には確かに謝罪の意が込められていた。

「クク、なんのことでしょう」

「…………」

「父上、少しルークと話をしてもよろしいですか？」

「……あぁ。だが手短にな」

「承知しております」

またしても俺を数秒見つめ、ゴドウィン卿は歩き出した。そして、そのまま私邸へと入っていった。

「本当に久しぶりだな、ルーク」

「そうだな」

「それにしても、その竜が――」

「――人間、調子に乗るのも大概にしろよ？」

その瞬間、おぞましいほどの魔力がディアから漏れだした。……コイツの沸点の低さには本当に苛立《いらだ》ちを覚える。まあ、数百年この気質で生きてきたのだから仕方ないことなのかもしれないが。

「いいか、一度しか言わない。――これ以上、俺に恥をかかせるな」

「……ひぅ」

しかし、この俺の従魔である以上そんなことは関係ない。

「次はない。わかったな？」

「は、はぃ……」

「それでエレ――おい、どうした？」

「……ルーク、お前は……こんなにも強大な魔物をねじ伏せたのか？」

「は？　あぁ……そうだが」

コイツは何を今更なことを言っている。いや、エレオノーラはディアを見るのは初めてだったか。確かに、ディアはそれなりに強い魔物か……。

「くふっ、くふふふふ……やはり、私の目に狂いはなかった……！」

「…………」

——ゾクッ。エレオノーラが奇妙な笑い方をし出した途端、俺の面倒事センサーがこれでもかというほどに反応した。

「じ、実はなルーク……私には夢があってな——」

「待て、聞きたくない。話すな」

「少し恥ずかしいのだが……き、聞いてくれるか……？」

「お前こそ俺の話を聞け。聞きたくないと言っている」

「そうか！　聞いてくれるか！　私の夢というのはな！」

エレオノーラのどこか虚《うつ》ろな目にははっきりと既視感があった。

「おい、お前——」

「——私が全力を出しても敵《かな》わない圧倒的に強い男に組み伏せられッ!!　所詮は無力な女

でしかないのだと分からされたいんだッ!!」

「…………」

……いったい何がトリガーになっているのか。

この女はなぜこんなにも目をキラキラさせているのか。

しかもなんだ……この戦闘狂とドMを混ぜて煮込んだかのような欲望は。完全にアリスの亜種ではないか。このド変態が。

……アリスといい、ディアといい、エレオノーラといい……なぜこうも俺の周りには……。強烈な目眩《めまい》がするようだった。

「だが、私は強すぎてな……気づけば学園でもトップになっていた。はっきり言って絶望していた……だというのに！　ついに見つけた！　今すぐ戦《ヤ》ろうルーク！　ここで！　全力で！」

「お前は何を言って――」

震えるほどの嫌悪感を隠さず表情に出していたそのとき、雷鳴が轟《とどろ》いた。

「……今度はなんだ」

背筋が凍りつくような嫌な予感を覚えながら、ふと空へと目を向ける。そして、俺は見た。――雷が空を翔《か》けているという不可思議な光景を。

まさしく、空を切り裂き進む雷。俺の知る雷は落ちるもののはずだが……。そんなことをぼんやりと考えていると、その雷は進む向きを九十度変え、落ちた。俺のすぐ近くに。よく知る魔力の気配を漂わせながら。

「えへへ……久しぶりルーク。来ちゃっ——え……その女《ヒト》、誰？」

何の脈絡もなく突如単独で現れた『ミア』。エレオノーラと比較してしまうためか、随分と小さく見えてしまうその身体。それに全くもって似つかわしくない絶大な魔力。そして——どんよりと暗く澱《よど》んだ目。

俺の脳が彼女を認識してから瞬《まばた》きにも満たない刹那。常人では想像もできないほどの膨大な思考が駆け巡った。脳裏を埋めつくす圧倒的『なぜ？』。なのに、

「……え」

このたった一文字の言葉しか出てこなかった——。

3

「…………」

ルークには確信があった。エレオノーラというキャラも、本来はここまでねじ曲がった性癖を持ってはいなかったのだろう、と。

実際それは正しい。最初は本当に僅かな歪《ゆが》みだったのだ。ルークが努力したという、たったそれだけの変化。しかし、小さな蝶《ちょう》の羽ばたきが巡り巡って竜巻を引き起こすことがあるように、この物語はどこまでも狂っていく。

「ね、ねぇ……ルーク？　私、頑張ったんだよ。ルークの『闇の翼』を見てね、私ももっと速く空を飛べるようになろうと思って……練習して、新しい魔法も作って、それで――」

「おい、俺の話を聞け」

「なのに……なのになのになのにッ！　……もう、私はいらない……の？　その女が、新しいお気に入り……？」

「なんだ人間の雌？　ルーク様にその態度――」

「ディア黙れ。そしてミア、いい加減人の話を聞け」

「――っ」

ミアの目には、見れば見るほど引きずり込まれそうな深淵《しんえん》が宿っていた。言葉をいくら並べたところで彼女には届かない。正気を失っているに等しいのだから。

まずは物理的な接触によって、ミアの理性を呼び戻さなければならない。生存本能すら刺激され、恐ろしく活性化したルークの頭脳は瞬時にこの結論を導き出し、ミアの肩をポンッと軽く叩くに至った。

「よく見ろ。この女はゴドウィン家のエレオノーラ。お前も伯爵家の人間だ。何度かパーティーで見たことくらいはあるだろう？」

「……え、あ、うん」

「馬車もあるな？」

「……うん」

「俺を祝うパーティーに出席するため、たった今到着したというだけのことだ」

「聞いているぞ。ルークのもう一人の婚約者、ミア・クライン・レノックスだろう？　こうして直接話すのは初めてだな。私はエレオノーラ・レーネ・ゴドウィン。エレオノーラでいい、よろしく頼む」

「あっ、はい……よろしくお願いします。……あの、ごめんなさい、私――」

「気にするな。お前の気持ちは何となくだが理解できる」

「…………っ。ごめん、なさい……」

勝手に暴走してしまい、それが勘違いだったことの気恥ずかしさ。ルークやエレオノーラに無礼を働き多大なる迷惑をかけてしまったことへの申し訳なさ。そんな様々な感情がミアの心の中でぐちゃぐちゃに絡み合い、それが涙となって溢《あふ》れ出し頬《ほお》を伝った。

「…………」

ミアの涙の理由はルークにも何となく察しはついていた。エレオノーラも目配せをし、ルークに慰めろと訴えかけてくる。しかし、彼は彼で様々な疑問と背筋が凍るような何かを感じており、それどころではなかった。

(……本当に、一歩間違えば背中を刺されそうなのだが)

ミアの危うさ、ルークはそれを再認識した。

なぜこんな爆弾のような女を婚約者に迎えてしまったのか、と嘆かずにはいられない。

しかし、元はといえば軽い気持ちで駒にしようとした彼が悪いため、これはまさしく自業自得であるとも言える。そもそも、ルークと深く関わらなければミアがここまで拗《こじ》らせることもなかっただろう。

（……それにしても、なぜミアは一人で来た？　正式なパーティーだ。最低でも肉親と従者くらいは連れてくるはずだが……コイツは一人で空を飛んできたぞ。もはやわけが分からん……）

ルークの心はエレオノーラの歪んだ性癖の暴露によって、既に大きなダメージを負っていた。そこへ追い討ちをかけるように突然のミア襲来。精神的疲労は既に許容量を超えていた。

そもそも、ルークというキャラはたった一度の敗北によって実家に引きこもってしまうのである。何者をも寄せ付けぬ傲慢さの裏には、精神的な脆《もろ》さがあることは決して否定できない。――だからだろうか。

「泣くな、ミア」

「…………っ」

ぼんやりとした頭でルークは考えていた。

どういうわけか自身の周りに集まる女は『M』という属性を持っている者が多いが、ミアだけは持っていないな、と。この状況においては心底どうでもいい、現実逃避にも近いことを考えていたのだ。そして、深く思考することなく——

「——お前は『特別』だな」


と、言ってしまったのである。

ルークの意味するところは『M』という属性を持っていないがゆえの『特別』なのだが。

当然、ミアはそんなことなど知る由もなく、受け取り方も全く異なるわけで。

「特別……と、とくべ……っ」

ルークに言われた『特別』という言葉が、ミアの頭の中で何度も何度も反芻《はんすう》される。

そして、

「あばばばばば——」

——バタリ。

脳がショートし、ミアは倒れた。

「まったく、女の扱い方まで上手《うま》いのか」

「……は？」

すかさず、エレオノーラが茶化《ちゃか》した。しかし、精神的疲労により深く考えていなかったルークにはミアが突然倒れた理由も、エレオノーラが茶化す理由も分からなかった。

「あの、ルーク様。この人間の雌はなんで突然倒れたんですか？」

「……知るか」

ディアも分かっていなかった。

そのとき、一台の馬車がこちらへやってくるのが見えた。──ロンズデール家の家紋を掲げたものだ。その馬車は当然の如くルークたちの前で停《と》まる。

扉が開き、姿を見せたのはアリスだ。

「ルーク、久しぶ──どういう状況かしら……？」

「……知るか」

これが、久しぶりに再会したルークとアリスの最初の会話だった──。

第三章　観る者の失態

1

「ちょっとした散歩だ。お前もついてくる必要などなかったのだぞ、アルフレッド」

「どうか、お伴《とも》することをお許しください」

「ふむ、まあいい」

ギルバディアの街を歩くルークとアルフレッド。

ルークにとっては本当にただの気分転換だ。

精神的負荷が大きな出来事があれば大抵は無心で剣を振るのだが、ちょうどダルキンに頼んでいた剣を見に行くという用事もあったため、たまには散歩もいいと考えたのだ。

ちなみに、ディアも今は留守番をしている。裏庭に財宝が山積みにされているが、量が量であるため、すぐにはどうすることもできなかったからだ。

（……楽だ）

ルークにとってアルフレッドは剣の師であり、生まれた頃より共にいる気の置けない存在だ。柔らかいそよ風が心地いい。

平民とは纏《まと》う雰囲気が異なる二人。ただ歩くだけでも自然と周りの視線を集めてしまう。しかしそれはルークにとって日常に等しいため、今更のことだ。

「無礼を承知で申し上げます。ルーク様、またお手合わせ願えますでしょうか」

「──クク、珍しいなアルフレッド。お前がそんなことを言い出すとは」

僅かに後ろを歩くアルフレッドの方をルークは首だけで振り返る。口元に笑みを浮かべて。

「その目、分かるぞ。何か摑んだな？　己の技を試したいと思う武芸者の目だ」

「はい、それもあります」

「ほう、他の理由はなんだ？」

「直に受けてみたいのです。──ルーク様のあの技を」

ルークはアルフレッドの目を見る。

そこに宿るのは二つの光だ。一つは武芸者としてのもの。もう一つは──

（俺は……稀《まれ》にではあるが、アルフレッドも暴走することがあるのを知っている）

そんな危うい光も宿っているのだ。これまでの様々な経験により、厄介事には敏感になっているルークだからこそ気づいた。しかし――

「――クク、いいだろう」

断るなんて選択肢は存在しない。加えて、楽しみであるというのも本当だ。ルークとまともに剣を交えることができる者はそういないのだから。

「ありがとうございます、ルーク様」

「あぁ、いつでもいい……と言いたいところだが、パーティーが終わるまではできないだろうな。……まったく、面倒だ」

「ふふ、それは仕方ありませんな」

エレオノーラをはじめ、既に到着している貴族共がいるのだ。これからルークは挨拶やら何やらで、どんどん時間を奪われてしまうことになるだろう。

それでも、ルークの心には確かな喜びがあった。

「少しでもお楽しみいただけるよう、技を磨いておきます」

「それは楽しみだ。だが、気をつけろよ？　貴族共が剣術を見下している現状は何も変わっていないのだからな」

「ええ、承知しております」

「そうか」

そこで会話は終わった。口数が多いわけではない二人。しかし、そこに居心地の悪さはまるでなかった。ただ風を感じ、見慣れた街の景色を楽しみながらゆったりと流れる時間。それはどれほど高位の治癒魔法よりもルークの心を癒《いや》した。

「……ん？」

そろそろダルキンの鍛冶屋が見えてくるというところで、よく知る後ろ姿が目に入った。

「ザックか」

「……え？　ぎょっはッ！」

「おい、なぜそこまで驚く？」

「いや……あの、失礼しました。最近お見かけしていなかったもので耐性が……じゃなくて、ちょっと驚いてしまったんですよ、あはは……」

「——クク」

自然と笑みが零れる。ザックにとっては御免こうむりたいだろうが、確実にルークのお気に入りの一人となっていた。アルフレッドとは違い、ザックとは関わり始めて間もないはずなのに妙に気が楽なのである。無意識に、近くに置いておきたいと思う程度には——。

「ルーク様に、それからアルさん。こんなところで何を——ん？」

そのとき、一台の不格好な荷馬車が停《と》まった。貴族のものではないとルークはすぐに理解した。

「——『ルーク・ウィザリア・ギルバート』だな？」

姿を現した、見るからに粗暴な三人の男。ザックは猛烈に嫌な予感を抱き、ルークは急激に機嫌が悪くなっていく。そんななか、アルフレッドが一歩前へ出た。

「言葉には気をつけなさい。この方をどなたと心得る？」

「知るかよ。それより聞け、お前の母『ジュリア・ローデル・ギルバート』はあずかっている」

「……何？」

「ふむ」

ルークは少しだけ思案する。

（……なんだその取って付けたような話は。こんな人目のある場所での犯行、まったくいい度胸だ。見られても問題ない者たちなのか、それとも計画がずさんなだけか。まあ、母上を拉致したというのは十中八九ハッタリだろうが——残りの一割を完全に否定できないのもまた事実、か）

ルークが顔色一つ変えないことに腹を立てたためか、男の一人が少しだけ声を荒らげる。

「母親の命が惜しければさっさと馬車に乗れ！」

「いいだろう。俺だけか？」

「いや、三人ともだ！」

「そうか」

ルークがくるりと振り返る。

「というわけだ。アルフレッド、ザック、付き合ってもらうぞ」

「もとより、私はそのつもりです」

「当然、俺も付き合いますよ。さすがに見過ごせませんね、こいつは」

ザックの初めて見せる表情に、ルークが薄く笑った。

「『魔封じの枷《かせ》』だ。全員つけろ。それから腰の剣も渡せ。抵抗はするなよ」

「抵抗なんてしないさ」

言葉通り、抵抗することなくルークたちは荷馬車に乗り込んだ。

その口元に、裂けたような笑みを浮かべながら――。

§

「呆《あき》れた……貴方《あなた》、両親に断りなくここへ来たの？」

「……うぅ、ごめんなさい」

「私に謝っても仕方ないでしょう？」

申し訳なさから項垂《うなだ》れ、より一層小さくなるミアを見てアリスがため息をつく。話を聞けば、ミアはルークに会いたいという衝動を抑えることができず、家を飛び出してきたというのだ。この行動は伯爵家の令嬢にとって、不利益にしかならないことは自明。だが、アリスはあまり強くミアを責めることができなかった。

ミアの姿はどこか自分と重なって見え、痛いほどにその気持ちが理解できたからだ。

（……ほんと、不器用な子）

しかし、理解できるからといってミアの行動を正当化することなどできはしない。己の感情すら御せないというのは明確な欠点だ。

「ルークに迷惑をかけてはダメよ？」

「……うん。本当にごめんなさい……」

少しだけ空気が凍てついた。アリスの言葉にほんの僅かに怒気が宿り、より鋭いものになったからだ。ミアがそれに言い返せるはずもない。

「──大丈夫よ。そんな怖い顔しないで、アリスちゃん」

そのとき、二人に声をかける者がいた。それは──

「ジュリア様、お久しぶりでございます」

「あぅ、あ……お久しぶりです」

美しいドレスに身を包んだ──ルークの母、ジュリアである。女性でさえも息を呑《の》むような、妖艶という言葉が相応《ふさわ》しい美しさがそこにはあった。

アリスがすぐさま頭を下げ、それにミアが続く。

「ミアちゃんの件は私が預かるわ。それでいいかしら？」

「そ、そんな！　私の問題をジュリア様に──」

「いいのよ。私たちは家族になるんだもの。このくらいなんてことないわ。そうでしょ？」

「──っ」

ジュリアの雰囲気がどこかルークと重なる。

反論など決して許されないのだと、ミアは肌で感じた。

「はい……ありがとうございます……」

「うふふ。——今聞いたことを、そのまま夫に伝えてちょうだい」

「かしこまりました、ジュリア様」

傍《そば》に控えていたメイドが一礼し、歩き出した。ミアはこの状況に少し混乱しつつ、遠ざかっていくそのメイドの後ろ姿をただ唖然《あぜん》と見ていることしかできなかった。

「さて、二人とも。女同士で少しお話しましょうか。ついてきてちょうだい」

「はい」

「は、はいっ」

断ることなどできない。許されない。

そんな、一種の恐怖と支配者の気配を感じさせるジュリアの言葉。

アリスとミアの二人には、ジュリアに従う以外の選択肢があるはずもなかった。

§

「——ほんっと！　二人とも可愛《かわい》いわね！　ちょっとハグさせてっ！」

「……え？」

「あう」

案内された部屋に入ってすぐの出来事。

子供のように無邪気に笑い、突然、ジュリアはアリスとミアを抱きしめた。

「ルークはいい子を見つけたわね、ふふ」

先程までの、どこか支配者を思わせる雰囲気はもはや欠片《かけら》もありはしなかった。あまりに大きな変化。アリスとミアが戸惑うのも必然だろう。

「学園でのことや、ミアちゃんとの出会いの話も聞きたいわ。時間はあるのだし、いいでしょ？」

ジュリアは艶《なま》めかしくも無邪気に笑った。アリスとミアは顔を見合わせる。

どこから話したらいいのか、どこまで話せばいいのか。

最初は恐る恐る、少しずつ言葉を選びながらゆっくりと二人は喋《しゃべ》り始めた。ジュリアはそれに静かに耳を傾ける。ときに言葉を返し、ときに笑いながら。

緊張した二人の表情も次第に緩み、話に花が咲くのにそう時間はかからなかった。

「——そのとき私、号泣しちゃって……」

「まったくルークったら。ごめんねミアちゃん……」

「お言葉ですが、ジュリア様。悪いのはこの程度で泣いたミアです」

「そ、そうです！　私が悪いんです。いつもどうやったら役に立てるのか考えているんですけど……ルークを困らせてばっかりで……」

「ほんと、その通りね」

「うぅ……」

「ふふっ」

そんなアリスとミアのやり取りを見ながら、ジュリアは嬉《うれ》しそうに笑った。

「仲良さそうでよかったわ」

「仲良くはありません。——ただ、他の女よりはミアでよかった。それだけです」

「……え？」

そのとき、ミアは驚きと共に自身の心が温かくなるのを確かに感じた。

「アリスちゃんは、ルークのことを心から愛してくれているのね」

「はい」

表情を崩すことなくアリスは言い切った。それとは対照的にミアは顔を真っ赤にし、動揺をこれでもかと顕《あらわ》にしながらアリスを見た。

「ミアちゃんは？」

「うぇ!? あ、あの……はい……だい、すきです……」

ミアはこれ以上ないほど照れてしまい、俯《うつむ》いた。そんな対極の二人を見て、ジュリアは優しく笑う。

「あの子は子供の頃から、何でも当然のようにできてしまっていたわ。母親の私が言うのもなんだけど、非の打ち所がなさすぎるわよね。一緒にいて、疲れてしまわない？」

「そんなことはありません」

「は、はいっ。アリスの言う通りです！」

「うふふ……二人とも本当にいい子ね」

ジュリアは慎《つつ》ましく笑い、紅茶を少しだけ飲んだ。そして――

「お節介だと思うけど、これだけは伝えさせて欲しいの」

今日、最も伝えたかったことをゆっくりと話し始めた。

「あの子、あまり感情を表に出さないから分かりづらいかもしれないけど。もし、本当に貴方たちのことを嫌っていたのなら、傍に置いときはしないわ。そんな我慢をする子ではないの、絶対にね。――だから二人とも、ちゃんと愛されているわよ。母親の私が言うんだもの、間違いないわ」

その言葉は、名状し難い説得力をもってアリスとミアに響いた。ただ喜ばせるために言っているのではない。なぜか、そう分かるのだ。

「それに、これは体験談でもあるのよ。ふふっ」

ジュリアは悪戯《いたずら》っぽく笑った。

そのときだ。コンコン、とノック音が響いた。

「誰かしら？　入っていいわよ」

「失礼します」

「あら、エリーじゃない！」

「お久しぶりです、ジュリア様」

入ってきたのはエレオノーラであった。

ジュリアに一礼し、すぐさま言葉を続ける。

「火急の用件につき、無礼をお許しください。実は、何者かの馬車に乗るルークの姿が目撃されております」

「……なんですって」

一瞬にして空気が張り詰める。

「ですので、私が少し様子を見てこようと思います。私の空間魔法なら容易《たやす》いこと。すでに父上とクロード様の了承は得ております。客観的に見て、戦力的にも私が向かうのがよいでしょう」

「待って、私も行くわ」

「わ、私も行きます！」

それにすぐさま反応したのはアリスとミアだ。しかし、それを直ちに了承することはできはしない。貴族という立場がある以上、面倒事が避けられないのもまた事実であるからだ。

「別に戦いに行くわけではない。何かあれば連れ帰るのみ。お前たちはここで待っていろ」

「理屈ではないの。それに貴方がなんて言おうと、戦える状況があれば必ず戦うわ。ルークなら」

「私もそう思う……絶対足手まといにはならない！　連れていってください！」

「……ふむ。二人の実力は私も知るところだが……いかがいたしましょう、ジュリア様」

「…………」

ジュリアは黙する。だが、それはほんの刹那にすぎない。

「いいわ。責任は私がとりましょう。でも、必ず無事で帰ってくるのよ。分かったわね」

ジュリアは、彼女たちの意思を汲《く》むことを選んだ——。

2

ルークは『待つ』という行為を好まない。とはいえ、彼にしてはかなり待った方だ。魔法を封じる手枷《てかせ》を嵌《は》められ、無礼な男たちに抗《あらが》うことなく馬車に乗った。それから——約三十分。我慢の限界が訪れるのは必然のことであった。

「おい……いつまで待たせるつもり——」

「黙れ！　黙って座ってろ！」

「……あ？」

龍《りゅう》の髭《ひげ》を撫《な》で虎の尾を踏む、とはまさにこのこと。ルークに話しかけられたその男は恐ろしいほどの暴挙に出た。自らの選択とはいえ、乗り心地の悪い荷馬車に揺られあまりに無益な時間を過ごした。ルークの機嫌がいいはずもなかった。

（うわぁ……あんた絶対終わったよ……）

ザックはこの底冷えするような怒りの気配にも若干慣れた様子で、ルークに暴言を吐いた男の運命を悟った。

「──俺は寛大だ。もう一度だけ聞いてやる。よく考え、言葉を選べ」

「…………ッ」

戦慄。心臓を握られたかの如き感覚。知らず知らずのうちに男の足が小刻みに震え出す。

それは抗うことのできない人間の本能。自身の半分も生きていないような少年が、巨大な怪物に見えてしまうのは気のせいか。いや──

（落ち着け……ビビるな。こ、この国の人間は『スキル』を使えねぇ。それどころか、存在すら知りもしねぇはず……。魔法さえ封じちまえば何もできやしねぇ。単独で属性竜を倒したなんて噂《うわさ》もあるが、どうせガセに決まっている……ッ！）

男には矜持《きょうじ》があった。貴族の華やかな世界とは程遠い、地獄を生き抜いてきたという矜持が。

「う、うるせぇッ!!　大人しく座ってろッ！」

ゆえに、間違えた。声を荒らげ、剣を抜きルークに突きつけた。

己の本能に従うことよりも、矜持を守ることを選んだ。

「……それがお前の答えか」

それからは一瞬の出来事であった。

いつの間にか、ルークの手には短剣が握られていた。元々袖に隠していたのだが、男の目には突如として短剣が現れたように映ったことだろう。

「――は？　お前、なんで……」

ルークはそれを宙に放り、そして咥《くわ》えるように口で摑《つか》み取り――《スラッシュ》。

口で短剣を振るい、手枷の繋ぎを斬った。未《いま》だ枷自体は嵌められているため魔法は使えないが、ルークにとっては手が自由になるだけで十分すぎる。大きめの荷馬車とはいえ、そこまでの広さはない。圧倒的加速をもって距離を詰めようとし――


「失礼」


ルークよりも早く男に迫る者がいた。――アルフレッドだ。それは全くの想定外。

眼前に迫るアルフレッドを見て尚《なお》、男は目の前で起こっていることが何一つ理解できなかった。しかし、反射的に剣を抜き振るったことは称賛されるべきだろう。

「……ッ！　《スラッ――》」

「ふむ。やはりお前ごとき、ルーク様の手を煩わせるまでもない」

もちろん、その行為に意味があったのかはまた別の話であるが。

アルフレッドの手にいつの間にか握られていた短剣による二連撃。初手は肩への刺突、技の起こりを完全に潰す。そして続けざまに放たれた鋭い斬撃により、男の右手首が斬り飛ばされた。

「ぐあああああああああああああッ!!」

殺すことなど容易かったが、後のことを考え殺さない選択をした。男が半分以下の長さになった自身の右腕を押さえながら倒れ伏し、痛みのままにのたうちまわる。

「クク……余計な真似《まね》を」

「お許しください。私としたことが、ルーク様の楽しみを奪ってしまうとは」

「い、痛そう……あれ、というか手枷つけてんの俺だけ……？　あの、恐縮ですがこれ……外してもらうことってできますか……？　あはは……」

頭を下げるアルフレッドであったが、ルークの顔はどこか満足気だ。そんな二人に対し、ただ一人手枷を外せずにいるザックは申し訳なさそうに笑った。

「俺の腕がああああ！　いてぇ……いてぇよぉぉおおおお！」

「なんだッ！　どうしたッ！」

馬を御していた二人の男が異常事態を察し、声を荒らげた。

そのときだ。積まれた荷物の物陰から何かが飛び出した。それに気づいたルークが僅かに驚く。なぜなら、この瞬間までルークでさえも気づくことができなかったからだ。

（――恐ろしく気配を消すことに長《た》けている。……何者だ？）

それは外套《がいとう》を纏《まと》った二人の人間であった。即座に臨戦態勢をとり、警戒。だが、その二人はルークの傍《そば》を走り抜け、馬車を御している二人の男に向かっていった。

「殺すなッ！」

「――了解」

こちらへの敵意はないと判断。ゆえに、己の目的を邪魔されないようルークは短くそう叫んだ。それに対して短い返事があった。その外套を纏った二人は、凄《すさ》まじい速さで残りの二人の男のもとへと辿《たど》り着き、そのまま首筋に短剣を突きつけた。

「おっと、動かないでくれよ。ゆっくり馬車を停《と》めな」

「……クッ。何者だテメェら」

抵抗を許されない男が悔しさを滲《にじ》ませながら問いかける。だが、別のところからその答えは告げられた。

「おいおい！　カニスとフェーリスちゃんじゃねぇの！　なんでこんなとこにいるんだよ！」

「あはは……お久しぶりですザックさん。――それに、ルーク様にアルフレッド様」

「……久しぶり」

「ふむ、あのときの獣人か」

ルークはダルキンの鍛冶屋でのことを思い出した。だが、そんなことはどうでもいい。

興味を惹《ひ》かれるのはその能力。ルークにさえも気配を悟らせなかった、その隠密《おんみつ》能力である。

「ぐうぅぅ……いてぇ、いてぇぇよぉぉ……」

「アーベント!! クソ、てめぇらよくもッ!」

「──黙るべき。死ぬのが嫌なら」

「グッ……クソッ!! 頼む聞いてくれ! 俺たちはよく分からねぇ女に雇われただけ──」

「黙る」

「……っ」

フェーリスが凄《すご》み、男はそれに屈した。外套のフードが自然と外れればやはりターバンを巻いている。ルークはそれを横目で見ながら、ザックとアルフレッドの拘束を解いてやった。

「クソクソクソクソクソ……なんだよっ……話が違えじゃねぇかよぉぉ……。この国の連中は魔法ばっかで、スキルを使えねぇ遅れた奴《やつ》らじゃなかったのかよぉぉ……。あぁぁぁぁ、俺の腕がねぇよぉぉ……」

顔をくしゃくしゃにしながら涙を流し、情けなく泣き言を言う男。確実に戦意は残っていないだろう。その時点でルークの興味も失われてしまうが、引っかかる言葉もあった。

「そうか。──クク、全てを理解したぞ」

頭にかかっていた霧が晴れるように、ルークは唐突に理解した。今まで不鮮明であった、己の身体に宿る魔力とは異なる力の正体を。

「そうだ、これは『闘気』……戦士の強靭《きょうじん》な精神と肉体に宿る力。それを昇華させた特殊技能こそが『スキル』というわけだ。ククク、なるほどなあ。魔力と魔法の関係にそっくりではないか。もしかすると、アベルはこの力を──」

「──あ、あのぉ……ルーク様？　さっきから何を言ってるんです？」

「なに、こっちの話だ。それで、お前たちはなぜ──ん、これは……はぁ、クソ。予想よりも早い……」

どういうわけかこの場にいる獣人、カニスとフェーリスに事情を聞こうとしたそのとき、濃厚な魔力の気配を感じた。とてもよく知る魔力の気配であり、ルークにはこれから起こる出来事が手に取るようにわかった。

すぐ傍に突如として現れた魔法陣。そこから現れたのは――アリス、ミア、そしてエレオノーラの三人だ。

「あら、ルーク。元気そうでよかったわ」

「ルークの敵……」

「なんだ、終わっているのか。強敵を期待したんだが……」

「………」

状況がまたしても混沌《こんとん》としてきたため、ルークはため息をつかずにはいられない。だが、エレオノーラがいるなら帰りが楽でいいと、意識的にポジティブなことを考え気持ちを切り替えた。

「おい、お前。この馬車はどこに向かっていた」

「……俺たちのアジトだ」

「そうか。ならそこへ向かえ」

「は？　い、いや分かった……だから命だけは――」

「さっさとしろ」

最初はほんの暇潰しのつもりであった。だが、話を聞けばこの男たちは何者かに雇われていたらしい。ならばこれは計画的なもの。アリスの話から、ルークの母ジュリアをあずかっているというのは嘘《うそ》であることが分かった。

では、なぜこんなことをしでかしたのか。首謀者の目的を探るためだ。

(クク……『スキル』か。随分と収穫があった。さて、愚かにも俺にこんな真似をするのは、どこのどいつだろうな――)

ルークは虚空を眺めながら、裂けたような笑みを浮かべた。

§

質素な家具の並ぶとある一室。

「……ッ」

驚きのあまり、修道服を着た一人の女が椅子から転げ落ちた。

「え、何……見えているの……？」

恐る恐る、もう一度机の上に置かれた水晶に目をやる。すると、そこに映る金髪の少年はもはやこちらを見ていなかった。

「気のせい……よね。はぁ……びっくりした。大丈夫よ、落ち着きなさいニコール……大丈夫……」

動揺する心を落ち着かせ、冷静に情報を整理し始める。

「ミレスティアは魔法以外全ての発展が遅れている……はず。だけど、『闇』はスキルを使えた。高い戦闘技術を持った他国の人間が教えた……？　でないと辻褄《つじつま》が合わないわよね……」

未だ不可解なことは多い。しかし、これは有益な情報だ。今回はほんの探りのつもりであったが、思わぬ拾いものをした。ニコールはそう思い直し、再び水晶を見始めた——。

§

「アリス、なぜ来た？」

「決まっているでしょう。愛しているからよ」

「お前では話にならん。ミア、誰かの指示か？」

「そんな、ひどいわ……ハァハァ」

「えっと……ルークが馬車に乗せられるところを見たって報告があって、心配だったからジュリア様の許可をとって、エレオノーラさんの魔法で様子を見に来たの……」

「……ふむ、分かりやすい。お前はこのくらいの説明もできんのか」

「──っ」

「ごめんなさい……そ、そんな目で見られたら、私──」

「……はあ」

「はっはっはっ、お前たちは本当に愉快だな」

分かりやすい、と言われ嬉《うれ》しそうにしているミア。蔑みの目を向けられ興奮するアリス。

そんな光景を見て笑うエレオノーラ。

「──それで、お前たちには聞きたいことが多いが。まずは、なぜこの場にいるのかを話せ」

「……っ」

ルークは外套を纏った二人、カニスとフェーリスに鋭い視線を向けた。

「あはは……いや、その……ザックさんたちが連れ去られるのが見えたんでね。咄嗟《とっさ》に俺たちも乗り込んじまったんですよ。助けなんて、まったくいらなかったようですけど。

──本当に」

「なんだよ、そうだったのか。ありがとな」

「いえいえ……」

そう言って、ザックに向かってヘラヘラと笑うカニスは横目でチラリとルークを窺《うかが》う。

そこには強烈な畏怖の色が宿っていた。

（……やっぱ、『スキル』を使えるのか。だが、散々調べた俺は知っている。この十代そこらの少年が、誰にも教わることなく『スキル』を会得したことを——）

それはつまり、スキルという概念が確立されるまでの歴史を目の前の少年は一人で飛び越えてしまったということ。ゾッとするような思いと共に戦慄が走り、カニスは人知れず息を呑《の》む。

ルークはその感情を僅かに感じ取ったが、その理由までは分からず、そこまでの興味もなかった。——しかし、ルークにさえも気配を悟らせなかったことに関しては大いに興味を引かれた。そのことを問いただそうとしたときだ。ちょんちょんと、袖を引っ張られた。目を向ければもう一人の獣人、フェーリスである。

「なんだ？」

「……今夜、話したい。……です」

実にぎこちない敬語であり、なぜか小声でもあった。その意図は分からないが、ルーク自身この二人には聞きたいことが多い。まさに願ってもないことであった。

「あぁ、構わない」

「……ありがと。……ございます」

（アイツっ……また勝手なことを）

会話の内容をその優れた聴覚で把握したカニスは、また説教してやらなければと思った。

──そのときだ。

「何、この子？」

コソコソとした雰囲気が気に入らなかったのだろう、アリスが割って入ってきた。

露骨に不機嫌な態度で。

「誰だか知らないけれど、奴隷にしては少し気安く振る舞いすぎなんじゃない？」

「……ま、まさか！」

「ルークの新しい──」

声を張り上げたのはミアだ。

「女……はっ！　これは寝取ら──」

「いい加減にしろよ？　お前ら」

「え、私もなの……」

ミアは『駒』と言おうとしたのだが、アリスは誤解し、いつものように興奮し始める。

その兆しをルークは正確に察知し釘《くぎ》を刺した。もはや慣れたものだ。ため息をつきつつ、ルークは思考を切り替える。

「おい」

「グゥっ……な、なんだよぉ……」

片腕を押さえながら悶《もだ》える男に問いかける。

「依頼主は誰だ？」

「し、知らねぇよ……」

「本当か？」

「う、嘘じゃねぇ！　俺はお頭とは昔馴染《むかしなじ》みだから取引の現場にもいたんだ！　フードを被っていて、男か女かも分からなかった！　ただ、金払いはよかったんで……」

「ふむ、お前らは傭兵《ようへい》か？」

「……そうだ。本当にすまなかった！　金なら好きなだけやる！　だからどうか命だけは――」

「無駄口を叩くな。お前は黙って案内だけすればいい」

「……っ」

軽い気持ちだった。いつものように依頼を受け、金を貰《もら》う。それだけのはずだった。

(一体、俺たちは何に手を出しちまったんだ……)

後悔したところで、全ては遅すぎたのだ。彼らには嗅覚がなかったのだ。危険を嗅ぎ分け、逃げるための嗅覚が――。

3

しばらくすると、洞窟が見えてきた。門番と思われる男が二人。

「おう、お疲れー。やっぱ貴族のガキなんざ楽しょ――」

「すまん……しくじった……」

「……ああ、そうみてぇだな」

馬を御す二人の男の首筋には、冷たい刃が当てられていた。

荷馬車は優雅に停車する。そして降りてくるルークたち、地べたに無造作に放られる片腕をなくした男。

「なッ！　アーベントッ！」

「全員だ。ここにいる傭兵共を全員ここへ集めろ」

降りてすぐ、ルークは表情一つ変えずにそう言い放った。門番の男二人に困惑の色が宿る。

「お前たち、戻れ」

「……ッ」

「いいんですか？」

「あぁ、放してやれ」

「分かりました」

カニスとフェーリスがそれぞれ男を解放した。片腕をなくした男、アーベントもルークに目と仕草で『お前も戻れ』と告げられる。この傭兵団は、金さえ貰えればそれが悪事だろうと手を染めることに躊躇《ためら》いはない。だが、共に戦争を生き抜いた者たちも多いため、仲間意識だけはとても強かった。

（馬鹿な奴《やつ》だ。簡単に人質を解放しやがった……）

困惑はあったが、その何倍もの安堵《あんど》があった。仲間さえ取り戻せばあとはどうとでもなる。

見れば、この場にいるのはターゲットの少年を含めて八人の男女。しかもそのうち三人は、明らかに戦闘とは無縁の貴族の令嬢。

「さっさとしろ。あまり待たせるな」

「あぁ、すぐに全員連れてきてやるよ」

傷ついた仲間に肩を貸し、男たちは洞窟の中へと入っていった。僅かに口角を吊り上げ、ほくそ笑みながら。それから数分後。

「よぉ、貴族様？　仲間が世話になったようだな」

そこには、五十名弱の傭兵たちが集っていた。

「ふむ、これで全員か？」

「……なんだと？」

この傭兵団のリーダー『アゴルテ』は僅かに眉をひそめる。これだけの人数を前にしてもルークが顔色一つ変えなかったからだ。

それもそうだろう。彼らには、魔法の知識が致命的に欠落していたのである。不思議なことができる不気味な連中。それが、彼らの考える『魔法使い』なのだ。

しかし、アゴルテに油断はなかった。ルークが片腕を斬り飛ばした男は、この傭兵団において三番目の実力者。油断できるはずもない。そして、彼はアゴルテの旧友でもあった。

（……簡単に死ねると思うなよ。地獄を見せてやるッ）

仲間にこのような仕打ちをされ、許せるはずもない。すでに自身の判断によりルークに手を出したことなど頭にはなく、あるのは腸《はらわた》が煮えくり返るほどの怒りのみ。

「……この程度か」

「あ？」

突然、ルークがあからさまに落胆した様子を見せた。その行為が対面する男たちの神経を逆撫《さかな》でしたことは言うまでもないだろう。

「アリス」

「なに？」

「お前がやれ」

「え……いいの？　貴方《あなた》の楽しみを取ってしまっても」

「構わん。それよりも、久しぶりにお前の魔法が見たい」

「――っ」

その瞬間、今まで感じたことのない種類の喜びが電流のようにアリスの全身を駆け巡った。

「なんだ？」

「いいえ。貴方が望むなら、私の全てを見せてあげるわ――」

天まで連なるいくつもの魔法陣。凍えるような膨大な魔力が、アリスを中心に暴風の如く吹き荒れる。それは、どんなに知識がなくとも本能的に危機を察知してしまうほど。

「な、何だ？」

「お頭ッ！　な、なんかヤベェ！　何だか分からねぇが、コイツは途轍《とてつ》もなくヤベェよッ！　早く逃げ――」

「馬鹿言えッ！　仲間をこんな目に遭わされたんだぞッ！　逃げられるかッ！　やっちまうぞお前らッ！」

覚悟を決めた男たちが一斉に走り出す。急速に縮まる距離。狙いは当然アリス。

何かする前に首を斬り落とせばいい。だが――

「――『氷の世界』」

その無慈悲な冷気は瞬く間に男たちを凍《い》てつかせる。

本来、アリスもまた努力とは無縁のはずのキャラであった。しかしルークと出会い、運命を狂わされた。兄であるヨランドとルークの模擬戦を見て、『強くなりたい』という思いは一層強くなり、この日まで決して努力を怠らなかった。

磨かれ続けた大きすぎる才は、圧倒的魔法力として花開く。

「素晴らしい……」

男たちを凍りつかせるだけでなく、ここら一帯全てを凍てつかせた。

一面に広がる白銀の世界を見て、ルークはただただ感嘆の言葉を漏らす。

「――ふふ、嬉《うれ》しい」

彼女には珍しいことだろう。ここまで分かりやすく『照れる』というのは。

「本当に素晴らしい。これほど……これほどとはッ。アリス、私と本気で戦わないか!?」

エレオノーラが興奮し、

「う、うわぁ……すごいなぁ……」

ザックが冷や汗を垂らしながら幼子のような感想を零した。

(こっっっっわッ！　こんな綺麗《きれい》な子が!?　は!?　魔法こっわッ！)

ルークと共に過ごし、化け物じみた強さを目の当たりにすることにはある程度耐性がついたとザックは自負していた――が、それは全くの勘違いであったと思い知る。

誰がどう見ても勝負はついていた。凍りついた男たちが動き出すことは二度とないだろう。

しかし――

「る、ルーク……私のも見てよ……」

「ん？　……おい」

アリスの魔法に感心し、ルークは気づくのが遅れた。いつの間にか練り上げられていたミアの膨大な魔力。アリスとは異なる、肌を斬り裂くような荒々しいそれは、またしてもルークの目を奪った。ミアの心にあるのは悍《おぞ》ましいほど強烈な嫉妬。

アリスのことは認めている。しかし、当然割り切れない思いもある。これればかりは理屈ではない。自分のことも見てほしい。自分だけを見ていてほしい。

もっと、もっと、もっと、もっと――。

彼女の魔法には、そんなドロドロとした思いがこれでもかと込められていた。

「…………」

ルークは止めるべきだと思った。

しかし、止められない。その魔法を見たいという強烈な欲求が、彼に言葉を呑み込ませた。

（……こいつら、いつの間に――）

アリスとミア。戦闘力という面において、最初こそルークの興味を引くものはなかった。だが、彼女たちも本来の物語を逸脱するほどに急激な成長を遂げていたのだ。全ては、ルークとの出会いによって。

「――『雷の鉄槌《てっつい》』」

氷の世界を斬り裂くは雷鳴。天罰の如く落とされた一筋の巨大な雷。

その光景はとても神秘的で、幻想的なものだった。

「……アッハッハッハッハ。――実にいい魔法だ」

笑いが込み上げてきたのはなぜか。

ルークは気づいていないだろう。自身が今、どれほど歪んだ笑みを浮かべているか。

自然の摂理を嘲笑《あざわら》うかのようなその雷は、氷の世界を瞬時に溶かす。水に変化して尚《なお》、急速に加熱されて起こるそれは――『水蒸気爆発』。

空気が凄《すさ》まじい速度で膨れあがる。この可能性に気づいたからこそ、ルークはミアを止めようとしたのだが――

「――『空間断絶』」

エレオノーラの魔法がこの場の全員を包み込む。

「クク、余計な真似《まね》を」

「そう言うな。私にも何かさせろ」

響く轟音《ごうおん》。

あらゆるものが紙切れのように吹き飛ばされ、一瞬にしてここら一帯を焦土に変えた。

当然、凍らされた男たちの肉片も飛び散るが、エレオノーラの魔法によってその全ては遮られる。

「……ごめんなさい」

土煙がゆっくり収まっていくなか、ポツリとミアが謝罪の言葉を呟《つぶや》く。その小さな身体がいつも以上に小さく見える。

（私はいつもこう……何も、上手《うま》くできない……）

強烈な自己嫌悪。目の端には今にも零れんばかりの涙が見える。

そのとき、ポンと、彼女の肩に手を置かれた。

「よく、ここまで鍛え上げたものだ」

「……っ。あり……がと……」

「……なんの感謝だ」

ミアにとってこれほど救いになる言葉はなかった。すでに甘美な毒に侵されている心に、またしても毒が注がれたのだ。

そのとき、ルークはおもむろに虚空を見る。

そして、この場の誰もが理解の及ばない行動に出た。

「さて、どうだ？　楽しんでくれたか？　――『闇の吸魔』」

ルークは虚空に向かって魔法を発動した――。

§

氷竜ディアとの魔法契約。そのたった一度の経験は、ルークにある事実を確信させる。

——不可視の魔法的繫がり。

それは、魔法の探求者が気の遠くなるような歳月を費やし、ようやくその片鱗《へんりん》を摑める ほどのものであるのだが、彼は知る由もないだろう。ディアと主従の契約を交わしたことにより、ルークはこの存在を確信した。どれだけ離れていようと、この繫がりによりディアの存在を確かに感じるのである。

さて、話はルークたちが荷馬車に乗せられてからしばらく経《た》った頃まで遡る。

常時発動しているいくつもの情報魔法により、ルークは何者かの魔法の気配を感じとった。相手に悟られぬよう注意しながらより詳しく探ってみれば、どうやら監視されていると分かった。

そのとき、ルークはインスピレーションを得た。

——『遠隔で魔法を行使する際も、この〝魔法的繫がり〟が存在するのではないか。ならば、それを逆に利用することはできないか』と、得た知識をさらに発展させたのだ。

そして、その怪物と形容すべき才覚により確信する。——できる、と。

ルークはまず相手の居場所を逆探知することから始めた。監視されていることを念頭に置き、決して悟られないように注意しながら。傭兵《ようへい》たちのアジトに着く頃、相手の居場所を完全に把握した。ミレスティア王国王都にその存在はいる。ルークは僅かに驚く。ここから王都まではかなりの距離があるからだ。凄まじい魔法精度である。

「さて、どうだ？　楽しんでくれたか？——『闇の吸魔』」

とはいえ、なんの問題もない。王都とこの場所を繋ぐ不可視のそれを、ルークの闇魔法が逆に辿《たど》る。そして——

§

それは、あまりに突然の出来事だった。二人の少女の凄まじい魔法を目の当たりにし、改めてこの国の魔法力への警戒を強めていたとき、

「……え？」

ターゲットである『闇』が私に向かって嗤《わら》った。刹那、私が覗《のぞ》いていた水晶から闇の魔力が溢《あふ》れ出した。

「くうっ、あ、ぁぅ――」

無慈悲に奪われる感覚。穴が空いたように溢れ出す私の魔力。どれだけ抗《あらが》ったとしてもなんの意味もない。それがより一層、無力感を増大させる。

「な、なに……これ……」

『ふむ、属性を宿していない魔力。単なる情報魔法の応用か、それとも魔道具か、あるいは魔道具によって魔法を増幅させているのか――まあいい』

『闇』が何かを言っているが、今の私にはそれを聞き取る余裕がなかった。

苦しいわけではない。痛いわけでもない。それよりもはるかに恐ろしい――えもいわれぬ強烈な快感が、私の全身を支配していたから。そのとき、古い記憶が蘇《よみがえ》ってきた。それは幼少の頃、神に祈りを捧《ささ》げていたときのこと。覚えているのは尿意。我慢することのできない猛烈な尿意。でも、絶対に言い出すことはできない。神に祈っているときに、トイレに行っていいですか、なんて言えるはずがなかった。だから私は――

――失禁。

そう、そうだ。闇魔法によって強制的に魔力を奪われる感覚は、あの忘れたくても忘れられない失禁の感覚によく似ている……。

羞恥、屈辱、そして解放感を含んだほんの少しの快楽。——ブルッと、身体が震えた。

「これは、危険だわ……とてつもなく危険……だわ、ぅっ……ぁ」

身体がビクリと震える。そして気づく。——もっとして欲しい、と思ってしまっている自分に。だ、だめよニコール！　一時の快楽に身を任せるのは愚か者のすること！

主様への忠誠心を思い出しなさい！

「とりあえず深呼吸よ……すぅーはぁー。大丈夫……まだ大丈夫……」

私は自分に言い聞かせるように呟いた。

『いいか？　これは警告だ。今の俺は気分がいい。一度は許してやる。次はないぞ？』

『……ルーク、何を一人で喋《しゃべ》っているの？』

『クク、何でもないさ』

——ピキピキ。その言葉を最後に、水晶にヒビが入る。そして、パリンと音を立てて砕け散った。全ての魔力が一瞬にして奪われた。未《いま》だ身体に力が入らず、足が震える。

「はぁ……はぁ………本当に、恐ろしいわ」

純粋な戦闘における能力が――ではない。

本当に少しだけ、水晶越しに言葉を聞いただけにすぎないけど……身に染みて分かった。他者を惹《ひ》き付ける危険な色香。気を抜けば、敵である私でさえも心を許してしまいそうになる魅力が、『闇』には備わっている。言うなれば、支配者としてのカリスマ。――主様と、どこか似た雰囲気を感じるわ。

「でも、私の実力じゃ直接的な戦闘で勝てないことは分かりきっていた……大丈夫。今回で『闇』を排除することができれば、それに越したことはなかったけど……まずはこれだけの情報を得られた。これは大きな成果だわ」

私は机に座り直した。そして、すぐさま書簡をしたため始める。今経験した全てを記し、主様に伝えなくてはならない。『闇』の力、魅力、周りの者たちの魔法力、そして――闇魔法で魔力を奪われる感覚は、失禁のそれと酷似しており、名状し難い快感を伴っているということ。

客観的な情報のみならず、私が感じたこと全てを纏《まと》めた。

「……やっぱり、『闇』に近しい何者かの手によって殺させる他ない……わよね」

だけど、あの場にいた者は恐らくダメだろう。私には分かる。既に『闇』に心酔している者の目をしていた。

「調べないと――」

情報が足りない。圧倒的に足りない。もっと情報を集めないと。

特別な何かを持っているわけじゃない私は、持っている小さな武器で戦うしかないから

――。

―第四章―太陽のような君に

1

真夜中。

辺りが暗闇に包まれ、ほとんどの者が眠りにつく頃。

「――ふむ、解けたな」

数日間かけ、ようやく『支配の魔笛』にかけられていた何重もの防御魔法を解除した。

俺は手に持っていたルーペを机に置き、改めて肉眼でそれを見る。

「ん、なんだ？」

今までキズだと思っていたものが消えていく。僅かに感じる、か細く消えそうな魔力。

「なるほど……素晴らしい技術だ」

これは何らかの俺の知らない技術だ。恐らくは、防御魔法が全て解かれた際に発動する類のもの。とても巧妙に隠されていた。

だが、この程度の魔力で伝えられる情報など限られる。――俺がこの笛にかけられていた全ての防御魔法を解いた、ということが元々の所有者に伝わったか。

「どのみち、俺は逃げも隠れもし――」

「ルーク、まだ起きているの？」

ベッドの方から声がした。振り返れば、ディアを抱いたアリスがそこにいた。

「アリス様、最近はいつもこの時間まで起きていますよルーク様は」

「あら、そうなの。夜更かしはダメよ。お肌にもよくないわ」

「………………」

コイツら、妙に仲がいい。なぜだ。同じ『氷』だからか。

アリスが俺の婚約者だからとも考えたが、ミアとはそうでもない。……まあ、ミアがなぜかディアに敵意むきだしだからというのもあるが。

「……なぜ、お前は当たり前のように俺の部屋にいる。明日はパーティーもある。もし誰かに――」

「大丈夫よ。ジュリア様にお願いしたら、快く許可してくださったわ。『うふふ、程々にね』だそうよ」

「………………母上」

母上は優しい御方《おかた》だ。いや……優しすぎるのだ。なんというか……ちょっと緩いというか……。

「ルーク様、一つ質問をしてもよろしゅうですか？」

「……なんだ」

よろしゅうですか、にツッコむのはやめた。

疲れているからだ。

「なぜ、強くなろうとするのですか？」

しかし、その問いかけは心に引っかかった。

「どういう意味だ」

「――二百年。我は、我より強い者を見たことがありません。その我に、ルーク様は勝った。これ以上、なぜ強さを求めるのですか？」

「……ふむ」

ディアの目を見る。そこに他意はなく、純粋な疑問であることがよく分かる。

まあ、生まれつき強者であるお前からすれば、これは当然の疑問なのかもしれないな。

俺が強さを求める理由、か。

「――強者が強者として、至極当然の勝利を収めるため……だろうな」

本心だった。

幸せを得るために、勝ち続けるしかないのだ。

「俺は、俺が最強であることを疑ったことなどない。だが、強者が常に勝者となりえるかは……分からない。弱者が強者を喰《く》らう。それは往々にして起こることだ。弱者が付け入る僅かな隙を埋める作業。それこそが『努力』であると俺は思う」

…………はぁ。勝つために。勝ち続けるために。

俺は『ルーク』を拒絶するのではなく、受け入れた。この選択は間違ってなかったと思うけど……やたらと周りに振り回されるのはなぜだろう……。

こんなキャラだったたっけ？　っていう濃い人たちが妙に集まってくるのはなぜだろう……。

「――まあ、そこまで悪くはないけどさ。

「ふふ、貴方《あなた》らしいわ。でも今日はもう寝ましょう。こっちへ来て」

「……おい、気安く誘惑するな」

「誘惑なんてしてないわ。ただベッドに誘っているだけよ」

「……クッ、だからそれが——」

——コンコン。そのとき、窓をノックする音が響いた。

目を向ければ、そこにいたのはターバンを巻いた二人であった。

§

イスプリート大森林。精霊の祝福により、様々な恩恵をもたらしてくれるこの森であるが、その深部に行くにつれより凶悪な魔物が生息しているという特徴もある。

まさしく天然の要塞という表現が相応《ふさわ》しい。そんなイスプリート大森林に拠点を置いているのが、エルフによるテロ組織『ヴリトラ』である。

「——信じられない……全て解かれたというのか？　たった……数日で」

ガタンッ。エルフの青年、アーサーは思わず立ち上がった。そのただならぬ様子はあまりにも明らかであり、この場にいる全員が手を止め、彼に目を向けた。

「ど、どうしたのアーサー君……？」

僅かな静寂の後、そう問いかけたのはアーサーの幼馴染《おさななじ》みでありこの組織の№２であるマリウスだ。

「……すまないマリウス。少し考える」

「分かった」

アーサーは顎に手を当て、その場で長考を始める。空気がピンと張り詰める。だが、アーサーのこの行動は決して珍しいことではなく、彼をよく知る者からすればむしろ見慣れた光景であった。

「………………」

皆が足を止めたままアーサーの言葉を待ち続ける。その心には一抹の不安。アーサーが今取り組んでいる全ての作業を中断し長考するということは、それだけ急を要する問題があるということ。ただ——きっと大丈夫という、不安よりも遥《はる》かに大きな信頼があった。いつだってアーサーは正しい選択をするという、揺らぐことのない絶対の信頼がそこにはあったのだ。

しかし——

「早急に戦争をしかけ滅ぼす他……ないな」

「——ッ！　アーサー君、それは……獣王国を滅ぼすってこと……？」

アーサーの言葉は、どれほどの信頼があろうともすぐに受け入れられるものではなかった。

「違うぞ、マリウス」

「え……じゃあどこを――」

イスプリート大森林を挟んで、ミレスティア王国の反対側にある獣人の国。それが――『レガリオ獣王国』だ。この国に王はおらず、あらゆる重要な決定は各部族の長と各機関長からなる『獣王会』と呼ばれる最高執行機関によってなされる。

獣王国は国を持たないエルフを傘下に収めるべく、今尚《なお》小競り合いを続けているというのも特徴の一つだ。ゆえに、マリウスは尋ねた。獣王国を滅ぼすのか、と。しかし、アーサーの答えは――

「滅ぼさなければならないのは――ミレスティア王国だ」

「なッ！」

驚きを隠せないのはマリウスだけではなかった。手に持っているものを思わず落としてしまう者がいるほど、誰もが困惑していた。

「……アーサー君、何か理由があるんだね」

「あぁ……『笛』にかけていた防御魔法が全て解かれた。――恐らく、闇魔法だろう」

それにはもはや驚きを通り越し、言葉を失った。

ここにいる全員が、あの『笛』には凄まじく高度な防御魔法が何重にもかけてあることを知っていたからだ。

「そんな……何かの間違いじゃ……」

「事実だ。目を背けている時間はない。あの『笛』の技術が流出すれば数百年の努力が全て水の泡。皆、事態は一刻を争うということを自覚してくれ」

空気が一気に引き締まる。

今、それほどに深刻な状況にあることを改めて理解したからだ。

「……しかし、ミレスティアは古き大国。我々が表に出て、矛先を向けられるのは避けたいのも事実」

再び、アーサーが思案に耽《ふけ》る。やはりそれに口を挟む者はいない。皆、黙って見守るのみ。

そして――

「――『笛』を完成させ、数多《あまた》の魔物を支配。それにより、『スタンピード』を引き起こそう。これを獣王国の仕業に見せかけミレスティアと反目させる。たとえ滅ぼせなくとも、最低限ミレスティアの軍事力は把握できる」

導き出された答え。反論する者などいるはずもなかった。

「今から約三ヶ月後、決行する。皆、頼む」

　この三ヶ月という期間で全ての準備を終えるというのは、決して容易なことではない。誰もが昼夜を問わず必死に働き、最低限の手筈《てはず》がギリギリ整うかどうかというところだろう。それでも――


「任せてよ、アーサー！」

「三ヶ月もあんの？　余裕すぎだわ」

「やったりますか」

「うわぁぁぁ……だる――うそうそうそ！　やるよ！　やればいいんだろ！」

「もう！　アーサーが言うならしょうがないわね！　私も頑張ってあげようじゃない！」


　アーサーの頼みを笑顔で受け入れた。それほど彼らは、家族のような固い絆《きずな》で結ばれていたのだ。

「ありがとう」


　そんな愛すべき者たちを見ながら、アーサーは感謝の言葉を述べた。

　そして、エルフによるテロ組織『ヴリトラ』は動き出す。もう何者にも支配されることのない、真の自由を勝ち取るという悲願を果たすために――。

§

「クク、遅かったじゃないか」

「いやぁ……申し訳ないです、はい」

ルークが窓を開け、ターバンを巻いた二人が部屋の中へと入ってくる。二人はすぐにターバンを取り、外套《がいとう》も脱ぎ片膝をついて頭を下げた。

「改めてご挨拶を、ルーク様。……その前に、そちらは――」

「なぜ、獣人風情がここに？」

アリスの目に侮蔑の色が宿る。彼らが『獣人』であるということ。それ自体が蔑む理由。ミレスティア王国に根付いた当たり前の価値観。

「無視しろ。コイツは――」

「ルークの妻よ」

「………………」

一瞬、ルークは迷う。否定するほど間違っていないという事実に加え、説明するのも面倒だったからだ。ゆえに――

「まあ、それでいい」

「――っ」

「うぐッ。く、苦しいぃ……」

ルークのこの発言により、アリスはこれまでの人生で最も赤面することとなった。

無意識に力が入り、アリスに抱かれているディアが呻《うめ》き声を上げる。幸いだったのは、ルークが振り返らなかったことか。

「それで、お前たちは何者だ？」

そんなことには一切構うことなく、ルークは極めて簡潔に問いただす。何者なのか、と。

（あのとき目にした技術は実に素晴らしいものだった。冒険者や騎士の動きではない。だとすれば――）

「えっと、はい……俺たちは――獣王国暗部の者です」

「です」

「……クク」

ルークは概《おお》ね予想通りの答えに笑みを零《こぼ》した。だが、引っかかることもある。

（レガリオ獣王国……なぜそんな国が突然出てくるのかは知らんが、まさかここまで無能だとはな。獣人の国が、獣人の暗殺者を送り込んでどうする。失敗する可能性を考えていなかったのか？）

「俺の本当の名は、ドッグルといいます」

「ネコマです」

「見てもらったら分かると思いますが、俺たちに血の繋がりはありません。ですがまぁ、兄弟みたいなもんです」

「です」

「本日はお時間をいただき、ありがとうございます」

「ございます」

カニスとフェーリス改め、ドッグルとネコマはもう一度頭を下げた。

アリスはただ静かに話に耳を傾けている。ディアが何か口を挟もうとすれば、『邪魔しちゃだめよ』とそっと窘《たしな》めた。

「なるほど、アスランを襲ったのもお前らか？」

「いえ、違います。あれは恐らく神聖国の仕業でしょう」

「……神聖国、だと？」

「はい。ここ数年、神聖国は何やら画策しているようです。獣王国にも同盟を求めてきました」

初めて聞くはずの『神聖国』という言葉。にもかかわらず、ルークは強烈な引っかかりを覚えた。具体的に何か分からないのに、引っかかる。

それが意味するのは――

「――原作に深く関わる……ということか」

「ん、何かおっしゃいました？」

「気にするな。それで、お前たちはなぜそんなにもペラペラと話す。聞いていればどうも――敵のようだが？」

「――ッ。違います違います！　敵対する気はこれっぽっちもありません！」

「ないです。怖いです。泣きそうです」

ルークから溢《あふ》れ出した闇の魔力が地を這《は》い、ドッグルとネコマの全身の毛が逆立った。

「敵対するつもりは微塵《みじん》もない。今日はそれを伝えに来たんです……はい」

「ないです。少しも」

「――ふむ」

ルークは思案を巡らせながら、改めて目の前の二人を見る。

（……コイツらも僅かに引っかかる。本来どう関わるはずだったのかということに興味はない。だが、今のこの状況が原作通りでないことは分かる。……面倒事の気配がする。チッ、ザックがいれば――）
「なんなら、俺たちはルーク様の味方に――」

「いらん」

「なっ、そんな……」

「悲しみ」

「…………」

分かりやすく落ち込むドッグル。口では落ち込んでいるようなことを言うが、無表情なままのネコマ。

しかし、ルークの意思は変わらない。簡単に寝返るような者たちなどいらないのだ。契約魔法を用いれば裏切ることはないが、デメリットの方がはるかに大きい。たった二人の駒を得るだけで、敵が増えすぎる。面倒事も増える。あのとき見た、完全に気配を消す技術や身のこなしには目を見張るものがあった。だが、ルークにとっては一度見れば再現できてしまう程度のものでしかない。

「……かなり調べました。この国は魔法に依存し、『スキル』の存在すら知らない者が大半です。あえて言わせていただきます。ミレスティアは時代に取り残されております」

「何が言いたい……？」

「明確なスキルの確立は高々数十年前。比較的歴史は浅いですが、ほとんどの国では既に認知されており、戦士はスキルを身につけることが一般的となっております」

確かに、これまでの生活のなかで他者から『スキル』という言葉を聞いたことがない。目の前の獣人が言うように、想定以上にこの国は遅れているのかもしれないとルークは思った。

「――何人もの達人が気の遠くなるような歳月を重ね、ようやくスキルという特殊技能の確立に至ったことは想像に難くありません」

ドッグルが顔を上げ、ルークを真っ直《まっす》ぐに見た。

「それをルーク様はたった一人で……会得してしまった。スキルのことなど何も知らなかったはずなのに……。俺は、俺の直感を信じます。ルーク様を敵に回すことは、獣王国を敵に回すことよりも愚かであると。――だからどうか！　どうか！　ルーク様にお仕えすることをお許しください！　お願いします！」

「お願いします。お願いします」

再び頭を下げる二人を見る。そして思う。

（……いらん）

やはり、ルークの意思は変わらなかった。今のところ暗部など必要なく、必要になる予定もない。なにより、面倒事が増える予感しかしないのだ。

ゆえに考える。どうやって断ろうかと。追い返すのは容易《たやす》い。だがこの二人は妙に熱量があるため、今後もしつこく付きまとわれる可能性がある。

僅かな静寂がこの場を包む。

「クク……そうだな」

そして、ルークは言葉を紡ぐ。――とても軽はずみな言葉を。

「お前らだけでは必要性を感じない。――獣王国の暗部、全員を寝返らせてこい。そうすれば、俺の駒として迎えてやろう」

「――ッ」

その言葉に深い思慮や謀略が含まれているわけではない。関わると碌《ろく》なことがなさそうなこの二人の獣人を、追い払うためのほんの思いつきでしかない。

「……最低限、人間らしい生活を約束してくれるのでしょうか」

しばらくして、静かにルークに問いかける。

「あぁ、当然だ。俺に駒を使い捨てる趣味はない。なんなら契約してやってもいい。だが、お前らにそんなことは不可――」

「分かりました」

「……は？」

諦めて帰るだろうと思った。無理難題を押し付けている自覚があった。

だがドッグルを見れば、その目は決意と覚悟に満ち溢《あふ》れており。

「必ずや、同胞の皆を連れて参ります。──それでは、失礼します」

「いや待て。お前ら──」

ドッグルとネコマの姿が掻《か》き消えた。

「…………」

虚無に包まれながらルークは思う。なぜいつもこうなるのか、と。

なぜいつもほんの少し思い通りにならないのか、と。しかし、ルークの恐ろしく優れた頭脳をもってしてもその答えは見つからない。

「さすがね、ルーク。また貴方《あなた》の駒が増えたわ」

「さすがでふルーク様！」

「…………」

どうにもならないことを考えるのは愚かなことだ。

「……寝る」

今後起きるであろう面倒事はそのときの自分に任せよう。全てから目を背けるようにルークは眠りにつく。明日はパーティーだな、なんてことを考えながら。

§

「はぁ……はぁ……考えろ、考えろ。こんなときルークくんなら——」

草木も眠る闇夜。人知れずアベルは剣を握る。

大切なものを守るために——。

2

朝からリリーの姿が見えなかった。

同じ宿屋に泊まっていて、いつも朝食は一緒にとるのに、その日はいつまで経《た》ってもリリーは部屋から下りてこなかった。

ずっと捜しているけど見つからない。走って、走って、走って。ありとあらゆるところを捜した。色んな人に声をかけたけど、誰も見ていないと言う。

不安だけが大きくなっていき、気づけば日が沈み始める時刻となっていた。もし今日中にリリーが見つからなければ、ルークくんに助けてもらおう。最初は断るだろうけど、なんだかんだ言っても助けてくれる。きっと驚くほど簡単に、こんなこともできないのかと嘲笑《あざわら》いながら。

本人に言えば絶対否定すると思うけど、僕は知っているんだ。──でも、

「黒髪の赤眼。情報通りだ。お前がアベルだな？」

やはり見つからない。だからルークくんに会いに行き、リリーを捜すのを手伝って欲しいと頼もう。そう思い、呼吸を整えながら踵《きびす》を返したとき声をかけられた。

そこにいたのは無精髭《ひげ》を生やしたガラの悪そうな男。

「どなた……ですか？」

「質問はなしだ。ついてこい。──断らねぇよな？」

「…………」

その瞬間、僕は全てを理解した。

リリーの居場所はこの人が知っていると。

――また、奪うのか。

僕の心の中で、ドス黒い感情が蠢《うごめ》き始めたのがはっきりと分かった。……本当にうんざりする。この世界にある『幸せ』はどれもガラス細工のようで、いつ壊れても不思議ではない。分かっていたはずだ。とてもよく、分かっていたはずなんだ。

でも、幸せはいつも僕を錯覚させる。永遠に続くのだと錯覚させる、甘い蜜のようなものだから本当にタチが悪いよ――。

「……おい、妙な気を起こすなよ？」

「何もしませんよ」

「………」

ダメだな、僕は。感情が高ぶってしまった。

こういうときこそ冷静でいなきゃ。……ルークくんなら、きっとほんの少しも感情を乱さないよね。男に案内されるままに、ギルバディアの外へとやってきた。冒険者の活動でよく訪れる、イスプリート大森林の傍の荒野。

「連れてきたぞ、お前ら」

「………」

僕を案内していた男が不意に声を上げる。すると、物陰から続々と現れる人々。
十、いや、十五人はいるか……。
「わりぃなガキ。まあ、依頼ってのもあるんだが。正直に言ってしまえばこれは私怨だ」

「……あなたたちと会うのは初めてだと思いますが」

「ルークってガキ、知ってんだろ？　俺たちはソイツに潰された傭兵《ようへい》団の残党さ」

「――っ」

今、何が起きているのか。僕はすぐに理解することができなかった。

ルークくんに潰された傭兵団？　なんの話をしてるんだ……。

「まあ、簡単に言えば復讐《ふくしゅう》だな。実際に見てはねぇが、アジトの様子を見りゃあルークってガキがいかにヤベぇかはよく分かる。お頭が勝てなかったんだ。俺らも勝てねぇだろうさ。だから――アイツの大切なもんを全部壊してやろうって思ったんだよ」

――あぁ、なんで。この世界にはこんな『ゴミ』がのうのうと生きているんだろう。

より黒く、より暗く。心が闇に包まれていく。

「アイツは俺の一番大切な家族を奪った。なぁ、許せるか？　お前なら許せるか？　帰ってきたら、何もかもが壊されていたときの絶望が、お前に分かるのかよ！」

「……ルークくんは敵には容赦しない。でも、敵以外には基本無関心なんだ。あなたたちが、ルークくんに何かしたんじゃないですか？」

「うるせぇ。死ね」

脈絡なく振り抜かれた剣を避け、バックステップ。まずは距離をとった。

燃えたぎる怒りとは裏腹に、思考はとても鮮明で相手がよく見える。感覚が研ぎ澄まされているのが分かる。

「リリーは無事なんですか？」

「さあな。自分の心配でもしてな？　やっちまえお前ら！」

「──『身体強化』」

「なッ!?　速ぇぞ！　気をつけろ！」

まず、一段階。人数が多い。対処を間違えば終わりだ。

僕にはリリーやルークくんのような広範囲の攻撃手段がない。だから、一対一を繰り返す。一番端の男へ向かって再び加速する。だけど──

「──《身体強化》《スラッシュ》」

「……ッ」

男も加速した。しかも──僕より速く。間一髪で避け、距離をとる。

「あんま舐《な》めんなよガキ？　そんな初級スキル、ここにいる全員が使えんだよッ！」

――スキル。聞き慣れない言葉だった。

魔法じゃないのか？　でも、僕の中で点が線になった気がした。氷竜との戦いでルークくんが見せた剣技。そして僕の中で渦巻く、魔力とは異なる力。

それをこの男たちからも感じた。……そっか、いくら練習してもできないわけだ。魔力を使うんじゃなかったんだ。

「ほら、せいぜい足掻《あが》けよ？　お前を殺したら次だ。ルークってガキの友人も家族も恋人も、全員殺してやる」

「……クズが」

頭がどうにかなりそうなほどの怒りが身体中《からだじゅう》を駆け巡り、手足が震えた。

今すぐにでも殺したい。こんな奴《やつ》らは絶対に死んだ方がいい。生きる価値なんて――

『――ククク、この程度で感情を乱すとはお前は本当に愚かだな、アベル』

「……はは」

ルークくんに笑われた気がした。そうだね、僕は本当に馬鹿だ。今すべきことを見失っちゃダメだ。ゆっくりと息を吐き出し、余計な思考を全て頭から追い出す。

気持ち悪がられるから絶対に言わないけど、壁にぶつかったとき僕はいつも考えるんだ。

――ルークくんならどうするか、てね。

「ほら、どうした！　この程度かよ！」

「……クッ」

避ける。受け流す。でも、全てが紙一重。一歩間違えばそこで終わり。そんな攻防が続いている。一人一人が強い。とても強い。このままじゃ……負ける。

また僕は、何も守れないのか――いや、誰が諦めるか。

「はぁ……はぁ……考えろ、考えろ。こんなときルークくんなら――」

「何言ってやがる？　しぶとさだけは認めるがな。いい加減面倒だ。死ねや」

魔力を練るのは苦手だ。この人たちは隙がなさすぎて、これ以上『身体強化』を発動できない。力を振り絞って後ろに飛び退《の》く。

「終わりだ。――《スラッシュ》」

「……っ」

その先で待ち構えていた別の男が剣を振り抜いた。本能で分かる。――これは避けられないし、受けられない。極限まで引き延ばされた時のなかで、僕の頭に色んな記憶が濁流のように流れ込んできた。これが走馬灯ってものだと分かる。死ぬのか……僕は。こんなところで。

何も……なせていないのに。何も……守れちゃいないのに。

――いや、死ねない。リリーを助けなきゃ。死ぬならせめて、リリーを助けてからにしろ。

もう二度と奪われてたまるかッ!!

『アベル、きっかけはいつも些細《ささい》なもんさ。だから焦るんじゃないよ。そのときは、必ず訪れるから――』

……師匠の言葉が甦《よみがえ》るのと同時に、脳に電流が走った気がした。近くでずっと見てきたルークくんの剣技が高速で脳内を流れた。

「――くっくっく」

死の瀬戸際。なぜか、ルークくんみたいな笑いが零《こぼ》れた。

今まで積み重ねてきた全てが瞬く間に形になっていくような。そして、摑《つか》めずにいたものが完全に支配できるかのような全能感。これだ、という確信。

魔力とは異なるこの力を剣へ、身体へ。流せ――

「――《スラッシュ》!!」

僕の斬撃は男の剣をへし折り、そのまま首をはね飛ばした。噴水のように舞い上がる血の雨のなかで僕はたぶん、笑っていたと思う。

驚愕《きょうがく》、恐怖、怒り。

周りの人たちが色んな感情で僕を見ている。世界から不必要な情報が消えていく。そうだ、この力で強化してみよう。

「ハハッ！　全然うまくできないや！　やっぱルークくんのようにはいかないな！　……でも、今はこれでいいや。――《身体強化》」

たった一回。なのに、魔力の何倍もの力がみなぎる。このとき明確に理解した。

僕にはルークくんのような華麗な剣技は真似《まね》できない。泥臭くても相手をよく見て、予測して、僅かな隙を見極めて斬撃を叩《たた》き込む。これをどこまでも鋭く磨き上げるべきだと。

僕は不器用だから、努力の方向だけは間違っちゃいけない。

思いっきり地面を蹴る。強烈な爆発音と共に敵との距離が急速に縮まる。

「なっ、速――」

首を斬り飛ばした。今ならなんでもできる気がする。――次。

「ぎゃぁぁあああッ!!」

「ちょ、まっ――」

「うぎゃぁぁあぁぁあぁあぁあ!!」

「悪かった！　命だけは――」

僕は次々と命を刈り取っていく。ルークくんならきっと容赦しない。

こういう連中には、ほんの小さな隙も見せちゃいけない。どこまでも徹底的にやらなきゃ。

あと三人。リリーの情報を聞き出すために一人は残さなきゃ。そんなことを考えているとき――

『――そこまでにしてくれる？　あなた、合格よ』

どこからともなく、透き通るような女の人の声が聞こえた。

§

『――そこまでにしてくれる？　あなた、合格よ』

どこからともなく聞こえたその声に、アベルは反射的に振り向く。が、そこには誰もいない。ならば次。即座に感覚を研ぎ澄まし気配を探った。何度も使ってきたはずの魔力感知を使わなかったのは、今のアベルが無意識に理解していたからだ。

こちらの方がいい、と。しかし、結果は変わらなかった。目の前で脅《おび》える男たち以外、誰一人見つからない。気配もない。だからこそ、アベルは警戒を解くことなく集中する。

『強さは十分。……あら、よく見たらあなた、その顔……いやまさか……』

「どこにいる！　姿を現せッ！　リリーは……リリーは無事なのか！」

アベルは我慢できず感情を吐き出した。妙に冷静で、緊張感がまるでない女の声が不快でたまらなかった。声の主はニコール。以前傭兵を雇い、ルークを攫《さら》うよう依頼を出した人物である。

『……リリーちゃんね、無事よ。今声を聞かせてあげる。――アベル』

「リリー！」

声が切り替わった。リリーが無事であることへのほんの僅かな安堵《あんど》。そして、これからその命が奪われてしまうかもしれないことへの絶望が一気に溢《あふ》れた。

『ごめん……ごめんごめんごめん……ほんとにごめん。……私油断して……何も考えてなくて……いつも偉そうにしてるのに、馬鹿だよね。ほんとに……ごめんなさい。私――』

「――もう謝らないで、リリー。それじゃまるで、リリーが悪いみたいじゃないか。……全部、こいつらが悪いのにさ」

聞いたことがないほど弱々しいリリーの声を聞きながら、アベルは胸が引き裂かれる思いがした。彼女が真っ先に口にしたのは『助けて』ではなく、『ごめん』という謝罪だったから。

(強いな、リリーは……)

自分がアベルの足手まといになってしまっている現状を、彼女は何よりも悔いていたのだ。それが分かってしまったからこそアベルはもどかしく、そして苦しかった。

——許せない。許せるはずがない。

「リリーに何かあれば、僕は絶対に許さない」

アベルの目が闇に染まる。それは、見えていないはずの水晶越しのニコールをしっかりと捉えており、彼女を少しだけ戦慄させた。

「——ッ。いい、彼女を解放して欲しければ、私の命令に従いなさい」

「………」

だが、ニコールにだって決して譲れぬことはある。特別な力を持たない彼女は、全てを利用するしかない。それがどんなに非情なことであっても。彼女に罪悪感がないわけではない。

しかし、己の心を殺してでも成さなければならないことがある。ただ、それだけのことなのだ。ゆえに与える。——選択肢を。

『——明後日《みょうごにち》までに、ルーク・ウィザリア・ギルバートを殺しなさい。そうすれば、彼女は解放してあげる』

瞬間、アベルは心臓を摑《つか》まれたかのような絶望を味わう。

リリーかルーク。突きつけられた二択。

「え……」

すぐに受け入れることなどできるはずもなく、かといって現状を打開する力を自分が持っていない現実。アベルは夜がより一層闇に包まれたような気がした。

『もう一度言うわ。明後日までに、ルーク・ウィザリア・ギルバートを殺しなさい。そうすれば、彼女は解放してあげる』

ニコールは選択肢を与えた。だが、時間を与えはしなかった。その方が効果的であることを、身をもって知っていたから。

『忘れないで、私は常に見ているから。妙なことを考えても無駄よ。——じゃあ、頑張ってね』

「ま、待って！　待ってよ！」

反射的に叫んだ。が、返答はない。それでもこれだけは言いたかった。

「リリー！　なんにも心配いらないよ！　絶対助けるから！　もう少しの辛抱だから！　絶対大丈夫だよ！　何にも心配しないでいいから！」

少し息が上がってしまうほど大きな声でアベルは叫んだ。どうかこの声が届いていますようにと願いながら。傭兵《ようへい》の残党はすでに逃げ出していた。アベルは気づいていたが、ニコールの存在があまりに不明確である以上、見逃すしかなかった。

「……はは……は……」

プツリ、と自分のなかで糸が切れたのがはっきりと分かった。

アベルはゆっくりと静かに膝をつき、手をついた。

そして、軽く地面を殴った。少しだけ強く、地面を殴った。さらに強く、地面を殴った。それは次第に勢いを増していった。拳からどれだけ血が流れようとも、アベルは止まることなく地面を殴った。

何度も、何度も、何度も――。

「あぁあぁあぁあぁあぁあぁあぁあぁあぁあぁあッ!!」

夜の静寂を切り裂く叫び。悔しさ、己の無力さ、怒り、憎しみ。その全てがぐちゃぐちやに混ざり合ったものを吐き出すように、アベルは叫んだ。

「何もッ！　何も守れやしないッ！　どれだけッ！　どれだけ頑張っても！　何も守れやしないじゃないか僕はッ！　……何も……何…………も……」

地面にぽたぽたと涙が落ちた。悔しくて。どうしようもないほどに悔しくて。ただ悔しさを噛《か》み締めることしかできない自分が、アベルは本当に嫌で。惨めで、虚《むな》しくて。


──明後日までに、ルーク・ウィザリア・ギルバートを殺しなさい。


ニコールの言葉が蘇《よみがえ》る。この世界がどこまでも残酷であることを、嫌でも思い出してしまう。

「……僕にどうしろっていうのさ。どうしろって……」

ただ項垂《うなだ》れ、絶望の底に落ちていくしかないアベルに手を差し伸べる者はいなかった。

全てを救う力はない。ならば、選択するしかないだろう──。

3

太陽がもうすぐ天頂に差し掛かる頃。

ミアは少しだけ俯きながら、ギルバディアの街を歩く。

「…………」

街は活気に満ちている。行き交う人々が目に映らないところがないほどに。この地を治めるクロードにとって、領民など自身の名声を高める道具でしかない。王や他の貴族から領主としての手腕を疑われるなど、彼のプライドが許しはしないのだ。

ゆえに甘い蜜に浸したような、自ら支配されることを望んでしまうような優しさがこの地にはある。しかし、それは幸せなことだ。領民にとって最も大切なのは自身の生活が豊かかどうかなのだから。それがどんな理由であろうと。

「……いい街」

汗を流し、とても忙しそうにしている人ばかり。しかし、その目には輝きがある。

自らの意志で今日を精一杯生きている。それに引き替え、今の自分はどうだろう。昨晩、ミアは両親にこっぴどく怒られてしまった。理不尽な怒りをぶつけられたのではなく、至極真っ当な理由によってだ。

彼女は両親に断ることなく単身でギルバディアへと赴いた。当然事前の連絡などないその訪問は、レノックス家の家名に泥を塗る行為に他ならない。これは、栄えある伯爵家の三女としてあるまじきこと。

「……あれ、なんで私……」

気づけば、ミアはギルバート邸の前へと来ていた。見る者を圧倒する荘厳な屋敷。すぐに引き返そうとして、立ち止まった。

「…………」

本当は分かっている。ルークに会いたいのだ。

そして、願わくは慰めて欲しい。認めて欲しいのだ。正しいと言って欲しい。

(……ほんと、大っ嫌い――)

そんな都合がよくて、甘ったれた願望を抱いてしまう弱い自分がミアは心底嫌いだった。

「何してんだろ……早く帰――」

「待ちなさい、ミア・クライン・レノックス」

「……っ」

心臓を鷲掴《わしづか》みにされたかのように身体が跳ねた。誰かに呼び止められた。そう認識すると同時に、ミアはすぐさま振り返った。

「……ぎ、ギルバート侯」

そこにいたのはルークの父、クロードであった。

目が合う。たったそれだけで萎縮してしまう。

（……やっぱりこの人は、ルークのお父さんだ）

全てを見透かされるような目。それはまさしくルークの目であった。

「何をしている？」

「も、申し訳ありません。少し通りかかって……」

「ふむ、そうか。せっかくだ、来なさい。もてなそう」

「えぇ!? そ、そんな悪――」

「まさか、断るわけではあるまいな？」

「は、はぃ……お邪魔します……」

彼女に選択肢などなかった。

§

「…………」

気まずい。案内された部屋にはクロードとミアの二人のみ。紅茶の味がしないほどの気まずさにミアは目を泳がせる。

「君は自分に自信がないように見える。なぜだね？」

だが、その静寂は唐突に終わりを告げる。クロードの言葉がミアの心に刺さる。

図星だったからだ。言葉につまる。しかし、クロードがミアを急《せ》かすことはなかった。

「私は……よく周りが見えなくなっちゃうんです。それでいつも空回りして……色んな人に迷惑かけちゃって。今回も、侯に大変ご迷惑をかけてしまいました。本当に申し訳ありませんでした……」

ミアは頭を下げた。身勝手にも、何の連絡もなしにギルバート侯の領地へと赴いたことを。

「ふむ」

俯きつつ、チラチラとクロードの様子を窺《うかが》うミア。

「唯一、私が持っていないものを教えよう」

「……え？」

それはミアの予想だにしない返答。だが、困惑する彼女のことなどお構いなしにクロードは話を続けた。

「それは『属性』。私の魔力には属性が宿っていない。クク、若かりし頃は随分と憤ったものだ。なぜ私の魔力には属性が宿っていないのかとな。まあ、属性などなくとも並の魔法使いなど私の敵ではないが」

「………………」

そのとき、ミアは思い出した。ルークの存在があまりにも大きくて忘れていたが、ギルバート家はここ数代『属性』に恵まれていないのだ。

「だが、君はどうだ？　この私が持っていない『属性』を三つも持っている。誇りなさい」

「……あ」

ミアはようやく理解した。理由までは分からないが、クロードが自分を励ましてくれているということを。

「何より、ルークが君を選んだのだ。それだけで、私が君を認める理由となる」

「ありがとうございます」

クロードはミアの心の内をほぼ正確に見抜いていた。彼の言葉に嘘《うそ》はない。もちろん、ミアの精神を安定させることが、ひいてはルークの利益となるという打算がないわけではないが。

（クク……ルークは私に似て女を見る目も一流だ。多少不器用なところはあるがな）

ミアの純粋で裏表のない性格は、クロードにとっても好ましいものであった。なにより

彼は才ある者を認める器量があった。当然、敵となるのであれば容赦しないが。

「さて、話はこのくらいにしよう。息子に会いに来たのであろう？」

「あ！　いや、あの……はい……そうです」

「ならばすぐに案内させよう」

「ありがとうございます……！」

ミアは心から感謝し、頭を下げた。彼女の心は少しだけ晴れやかになり、少しだけ前向きになれた。

だが、その約一分後。ルークの部屋に到着したミアは全裸のアリスと対面し、強烈なデジャブと共にひっくり返ることになるのだが、このときはまだ知る由もない。

そして、今日という日が彼女にとって特別な日となることもまた、知る由もないのだ

――。

§

数台の豪華な馬車が草原を疾走する。その外観は、目にした者全てが畏怖してしまうほど立派なもの。しかし、中に乗っている人間がこの国で最も高貴な者のうちの一人であることを考えれば、異常なほど警護が手薄だ。

「ルーク君に会えるの久しぶりだから嬉《うれ》しいなー！」

「…………………………帰りたい」

「ん？　何か言ったエドモンド？」

「いえ、何も」

――ミレスティア王国第二王子、ポルポン。

その隣に座る秘書官エドモンドはこれから起こる災難、そして非常に苦労することになるであろう未来の自分を思い浮かべた。すると、キリキリと胃が痛む。

（あーあー、本当に王に何にも言わずに来ちゃったよー。…………どうすんだよマジで）

馬車の心地よい揺れを感じながら、心底楽しそうに話すポルポンの言葉に、エドモンドは諦めたような笑顔のまま相槌《あいづち》を打った。

§

「あら、ミアじゃない。おはよう……いえ、もうこんにちはかしら？」

「どっちでもいいわよそんなこと！　ななな、なんでアンタはかなりの頻度で服を着てないのよっ！　早く着てっ！」

「…………」

ノックの音が響き、ちゃんと服を着ているルークが出た。ミアだと分かった瞬間、なぜか服を着ていないアリスが顔を覗《のぞ》かせた。それだけ彼女が心を許しているということなのかもしれないが、ミアからしたらたまったものではない。

「る、ルークも何とか言ってよ！　なんで平然としてるの⁉」

「……本当に、なぜ服を着ていないんだ」

「私は煩わしいものが嫌いなの。服もそのうちの一つよ」

「……なるほどな」

「なるほどな……じゃないわよ！　なんで今ので納得できるの!?」

「十人いれば十人の感性がある。考えるだけ無駄だ」

「そうよミア。分かった？」

「え……どうして私の方がおかしいみたいな空気になっているの……？　分からない……もう何も分からないわ……」

何が正しくて、何が間違っているのか。ミアは明日を生きる指針を見失った。

「それで――」

しかし、次に投げかけられたアリスの問いは、ミアのぼんやりとした意識を一気に現実へと引き戻した。

「貴方《あなた》もルークと体を重ねに来たの？」

「……へ？」

たったそれだけの問いかけで、頭が真っ白になった。それに呼応するように顔は真っ赤になった。

「なっ！　なななななな……っ！」

「え、七回もしたいの？　多いわね」

「多いな」

「違うわ！」

正直なところ、ミアは知っていた。

ルークとアリスがどういう関係であるのか。

二人のしていることを咎《とが》める自分も当然いる。決して褒められたことではないと、頭では理解しているのだ。だが――心の片隅には羨ましいという感情が存在しているのも事実だ。

「…………っ」

ゆえに、言い淀《よど》む。仮面を外すなら今だと分かっているが、生まれてから今まで被ってきたそれを外すのは、容易なことではない。

「お前も婚約者だ。俺は構わない」

「あっ………………………したい……」

気づけばそう口にしていた。数秒遅れて、顔が真っ赤になってしまっているのが分かったから即座に俯《うつむ》いた。ルークの言葉はミアの心を甘く溶かした。あまりにも容易く。

「なら、三人でするのね」

「……え」

「お前は出ていけ」

「嫌よ。でも……見たくないのよね、自分以外の女の体なんて。グロいから」

「ぐ、グロくなんてないわよ！」

「グロいわよ。特にこ――」

「どどどどど、どこ指差してんのよ！」

この日、ミアは『初めて』を迎えた。身体の小さな彼女にとって、それは心地よいだけのものではなかったが、そこには確かな幸せがあった。

そして、彼女はほんの少しだけ垢抜《あかぬ》けた――。

§

力を持つ貴族たちが次々とその会場に集まる。貴族派閥の者だけではなく、数はそれほど多くはないが王派閥の者の姿も見える。会場の入口。そこには、ギルバート侯の保有する騎士たちが何人も並んでいた。貴族のパーティーとしては珍しい光景ではあるが、それには明確な理由があった。

「こ、これが……」

「氷竜……だというのか」

とても高貴な身分を与えられたはずの彼らを、不遜にも見下ろす存在がいたからだ。

——氷竜。この場の誰もが経験したことのない出迎えであった。

貴族は魔法に適性のある者が多い。ゆえに、より一層理解できた。目の前にいる存在がいかに化け物であるのか。あまりにも膨大で、暴力的で、そして凍《い》てつくような魔力。

百聞は一見にしかずとはまさにこのことだ。その化け物が敵意を持って、指の一本でも動かそうものならたちまち恐慌状態になるほどの緊張感が漂っていた。

「皆様、ご安心ください」

そのとき、騎士の一人が声を上げた。

「こちらの氷竜は、ルーク様によって完全に支配されております。どうか、ご安心くださ い」

「…………っ」

だが、たった一人の人間の言葉など説得力はなかった。貴族たちの足は止まったまま動かない。とはいえ、ここまでは想定通り。騎士の一人が目配せをした。それを受け、氷竜たるディアは何度も練習したフレーズを思い出しながら、ゆっくりと口を開いた。

「よ、ようこそ……おいでくだしゃ……ました」

そして、ペコリと頭を下げた。ほんの少しだけ噛《か》んでしまったことを悔いながら。その光景は、目にした者全てに畏怖を抱かせた。ギルバート家の嫡男は怪物。これほど強大な存在を支配しているのだ。もはや疑う余地などありはしなかった。

「あ、あの……えへ、えへへ……ちょっとよく見ていいですか？」

「ん、これはこ――ゲッ」

恐る恐るではあったが貴族たちが会場へ足を運び始めた。

その光景を見て、騎士は与えられた仕事が終わったと気を抜いていたのだ。

声をかけられ、その表情を目にした瞬間思わずドン引きして『ゲッ』と言ってしまったのだ。自身よりも高貴な存在に対してあるまじき失態。

「た、大変失礼いたしました！　ようこそいらっしゃいましたアメリア様！」

取り繕うように即座に頭を下げた。しかし無理もない。その騎士が目にしたアメリアはなぜか妙に息が荒く、口の端から涎《よだれ》が垂れ、目が完全にイっていたのだから。

「や、やっぱり……その首輪は闇魔法で作られているんだ……へへへ」

「………」

この場にいる騎士と同様に、困惑を隠せないのはディアも同じであった。人間よりも遥《はる》かに優れている竜の知覚能力により、大抵の者が自身に対して『恐怖心』を抱いているのは容易に分かった。だが、目の前にいる人間の雌は違う。明らかに違う。様子がおかしい。

（……とりあえず静かにしていよう）

何があってもルークに迷惑をかけてはいけないという思いが、沈黙を選ばせた。

ディアは知らない。アメリアが抱いているその感情の名が『好奇心』であるということを。

「属性竜の魔力は環境にすら影響を及ぼす。氷竜の生息地が雪に覆われているのはそのため。……でも、この首輪が氷竜の魔力を吸収しているんだ。し、しかも！　それによってこの首輪は半永久的に存在し続ける！　やっべぇぇぇぇ！　ルーク君相変わらずやっ――」

「姉上、場を弁《わきま》えてください」

「…………」

なぜかは分からないが、目の前の人間の雌が急に叫び出した。ディアの困惑はさらに強まる。だがそこへ、似たような匂いの別の人間が現れ止めてくれた。知らず知らずのうちにディアは安堵《あんど》していた。

「フレイア！　見てよこれ！」

「分かりました。ですが、今はギルバート侯への挨拶が先です」

アメリアの妹であり、教師を務めるフレイアは抑揚のない声で淡々と今すべきことを述べた。

「そ、そうね……私ったらダメね。素晴らしい魔法を見たらつい自分が抑えられなくなるわ……」

「行きましょう、姉上。あまり待たせるわけには――」

歩き出した矢先。ドレスの裾を踏んでしまい、フレイアはずっこけた。それはもう盛大に。だが、表情一つ変えることなくすぐさま立ち上がり、何事もなかったかのように一言。

「失礼」

呆気にとられる騎士たちに向かってただそれだけを述べ、フレイアはアメリアを連れて会場へと歩いていった。この程度のことで、長年かけてつちかった彼女の鋼鉄の仮面は砕けはしないのだ。

§

「久しぶりねルーク君！」

「息災か？」

「あぁ」

「今回は本当におめでとう！　そ、それでさ……えへへ、早速で申し訳ないんだけど。あの魔法について……」

「姉上」

「……はい、ごめんなさい」

社交辞令であると理解はしつつも、多くの者たちが無意味な挨拶をしてくることに辟易《へきえき》していた。そんなとき、見知った顔が現れた。アメリアさんは相変わらず、魔法のこととなると鼻息が荒くなる。担任のフレイアは無表情のまま。……だが、この教師は無表情のままロッカーに隠れていたことがある。真に何を考えているのか分からんのはこっちの方だ……。

しばらくは他愛《たわい》ない会話が続いた。しかし——

「それで、帝国にはいつ行くんだっけ？」

「……なに？」

思考が完全に停止するほどの衝撃が俺を襲った。頭を埋め尽くす疑問符。

……なぜ、知っている？

「目的は剣聖祭の見学。今日より一週間後に出発だったな」

「……待て。なぜ、そのことを知っている……？」

わざわざ冒険者という身分を作り、ザックたちと共に何のしがらみもなく帝国へ行く計画だった。それが、たった今水泡に帰した。どこだ？　どこで間違えた？　この俺が一体どこで――

「なんだ聞いていないのか？　アベルから学園に申請があり、受理された。私と姉上が同伴することとなっている」

「よろしくね！」

「…………」

あ…………べる。……アベル。アベルッ!!

『帝国で「剣聖祭」というのが毎年開催されているらしいんだけど、知ってるかな？』

『各国の剣の達人が一堂に会するらしいんだ！　ワクワクするよね！』

あんのクソガキがァァアアアアアッ!!

そこには謀略の欠片《かけら》もない。純然たる善意によって俺の計画が破壊されたことが分かるからこそ、より一層腹が立つ。たった一手……たった一手で全てがひっくり返された。

なんなんだ本当に……やはり、全ての中心にいるのかお前は……。

あぁ、クソ……屈託のない満面の笑みを浮かべているアベルが容易に想像できる。

「はぁ……ん、今度はなんだ」

俺が今すぐにでも帰って眠りにつきたい気分になっていると、貴族共が妙にザワついているのが目に入った。

「え、あれって……」

ザワついている理由はすぐに分かった。こちらに手を振る者の存在。

——第二王子ポルポン。

ギルバート家は貴族派閥筆頭。そのパーティーに王子が姿を見せる。あまりにも異例だ。この場にいる王派閥の貴族共はさぞばつが悪かろう。

「…………」

ポルポンはそのまま父上のもとへと向かった。それからすぐに、どういうわけか奥の部屋へと消えていった。全く、何をしに来たというのだ。これ以上話がややこしくならないことを祈るばかりだ。……うっ、胃が。

「ルーク様、少しよろしいでしょうか？」

キリキリとした痛みを和らげるためにお腹《なか》の辺りをさすっていると、声をかけられた。

「どうしたアルフレッド」

「アベルという少年が会いたいと申しております。いかがいたしましょう？」

「……は？」

次から次へと。一体なんなんだ……。

§

とある一室。この場にいるのはクロード、ポルポン、そして秘書官を務めるエドモンドの三名のみ。ポルポンの願いをクロードが聞き入れ、完全に人払いがなされているそこには、異様な緊張感があった。

「クク……殿下、私の聞き間違いかもしれぬゆえ、もう一度聞かせてもらえるか。今、なんと？」

「何度でも言いますよ。侯、王位簒奪《さんだつ》をお考えになっていますか？」

そのポルポンの問いかけにより、張り詰めていた空気がより一層鋭くなった。

（か、帰りたい、帰りたすぎる……。うっ、胃が痛い……）

エドモンドは冷や汗を垂らしながら、キリキリと痛む胃の辺りをそっと押さえた――。

§

「最近、明らかに貴族派閥に鞍替《くらが》えする者が多い。少し調べればすぐに分かりました。その中心にいるのは侯、貴方《あなた》だと」

「…………」

「むしろ隠す気がないように感じた。一種の『挑発』として受け取りましたよ。阻止できるものならしてみろ、というね」

「……クク」

瞬間、クロードの雰囲気が変わった。

「まったく、私の悪い癖だ」

それを鋭敏に察知したポルポンは張り付けた笑みをほんの僅かにも乱すことなく身構え、エドモンドは分かりやすく動揺した。

「頭では痛いほど理解しているのだ。こういった謀《はかりごと》は暗暗のうちに行うべきであると」

「…………」

ポルポンはより一層警戒心を高める。たった今、クロードが何らかの謀略を計画していることを認めたからだ。仮にも第二王子である自身にその事実を認めることは、クロードにとって明確に不利益となるはず。

だが、彼はなんの躊躇《ためら》いもなく認めた。それが意味するのは、『何の問題もない』ということ。最悪の場合、自身の命がここで奪われてしまう可能性すらも視野に入れ、ポルポンは思考を巡らせる。エドモンドもまた、自分たちの命が薄氷の上にあることを理解していたが、胃の痛みが酷《ひど》くなる一方で思考が乱れていた。

「だが、どうにも性に合わない。なぜこの私がこそこそと誰かの目を気にしなければならない？　そんな道理はない。――ただ、正面から叩《たた》き潰せばいい」

その発言がハッタリではないことはすぐに分かった。分かったからこそ、より恐ろしい。ポルポンは静かに思った。目の前にいる人物はやはり『ルーク』の父親であり、そして国家に影響を及ぼすほどの力を持っていると。

「……王と、なるおつもりですか？」

再度問いかける。確信に近いものを感じながら。

しかし――

「王となるのは私ではない。――ルークだ」

「……っ」

「……ッ！」

ここまで崩れることのなかったポルポンの表情が僅かに崩れた。エドモンドは思わず声を上げてしまいそうになり、すんでのところでそれを呑み込んだ。もはや自分がどうこうできることではない。ならばこれ以上の思考は無意味だ。

真理に辿《たど》り着いたエドモンドはここまでの思考をかなぐり捨て、まったく別のことを考え始めた。

ここから生きて帰れたら、今晩は好きなものをいっぱい食べよう、と――。

§

「やあ、アリス。今日も美しいね」

「不快よ。私の目の前から消えてくれないかしら？」

「ちょっとアリス……」

ロンズデール家の嫡男にしてアリスの兄、ヨランドがパーティー会場に現れた。異例の早さで第二魔法師団副師団長まで上り詰めた彼が、周囲の視線を集めるのは必然のことであった。

「今日はルーク君に紹介したい子がいるんだけど……ルーク君は？」

「…………」

ヨランドのその言葉により、アリスとミアの視線が動く。彼の後ろに隠れるようにしてチラチラとこちらを窺《うかが》う、艶《つや》やかな紫髪の少女――シトリカへと。

「うーん、いないようだね。まあ、後で会ったときに話そう。先に、君たち二人に紹介するよ」

「……あなた、シトリカね」

「え、あ……ど、どうも……アリスさん」

「あれ、知り合いなの？」

「いいえ。でも、同じ学園に通っているわ。ルークは興味のない人間を全く覚えないから、私が覚えておくことにしているの。もしかしたら、必要になるかもしれないから」

「………」

シトリカは静かに思った。

（ふ、不幸だ……）

確かに、彼女は襲撃の手引きをした。だが家族とよく知らない大貴族を天秤《てんびん》にかけ、家族を選んだにすぎない。

（うわぁ……アリスさんが怖いのは相変わらずだけど、それよりもミアさんがヤバいっ！　私の勘がヤバいと叫んでる！　なんかすっごい睨《にら》んでるんですけどっ！　も、もし彼女に私のことがバレるようなことがあったら――）

そんなときだ。シトリカの内心をヨランドは鋭く感じ取った。そして薄く嗤《わら》った。それは邪悪を凝縮したようでもあり、新しい玩具《おもちゃ》を見つけた子供のように無邪気でもあった。

「実はさ、この子なんだよね。襲撃事件を手引きしたの」

ヨランドは、自身のこの発言がどういう事態を招くのかは容易に想像できた。ミアという少女は愛情という言葉では言い表せないほど、ルークに深く心酔している。だからこそ暴走することは分かっていたし、自分の魔法ならば止められると思っていた。しかし――

「うん、ミアちゃんは少し落ち着――え」

ヨランドにとっても想定外のことが起きる。それは、アリスの暴走である。いかなるときも氷のように冷静なはずの実の妹が、このときばかりは殺意を隠すことなく、一切の躊躇いなく魔法を発動したのだ。

他人の心を知り、操ることに恐ろしく長《た》けている彼であるが、ルークが絡むことで捻《ね》じ曲がるそれを把握することまではできなかった。

「アリス、ちょ待っ――」

4

静かな夜だった。

ルークが不意に空を見上げれば、普段ならばなんの感慨も抱かないはずの満天の星が一層輝いて見える。それだけ、面倒な貴族たちへの対応に辟易《へきえき》していたということなのかもしれない。

「ごめんね……ルークくん。突然呼び出してしまって」

「…………」

目の前の男がいなければただ眺めているのもよかったが――運命はそれを許してくれはしない。

(まったく……これほど隠すのが下手な奴《やつ》も珍しいな)

最初は追い返すつもりだったが、明らかに普段とは異なるアベルがそこにはいた。それはほんの僅かに、ルークの好奇心を刺激した。

「それで、どこまで歩くつもりだ？　随分とひとけのない場所まで来たが」

「………うん、そうだね」

振り返ったアベルの顔はいつも通りのようで、様々な感情でぐちゃぐちゃなようでもあった。

「ルークくん、聞きたいことがあるんだけどいい？」

「なんだ」

「もし、救いたい人が二人いて……どちらかしか救えないとしたら……ルークくんはどうする？」

「……クク」

アベルの言葉を聞き、ルークは静かな笑みを浮かべた。

「呆《あき》れるほど愚かな疑問だな、アベル」

「……え」

「前提から破綻している。この俺が、選択肢を制限される状況などありえない」

アベルは思う。目の前にいる少年は、やはり自分とは正反対であると。どれだけ鍛錬を重ねても、理想との差を思い知らされるだけで、自信なんて欠片《かけら》ほども抱くことはできない。

だからだろうか。目の前にいる少年は――とても輝いて見えた。

「……っ。あれ……」

込み上げてきたいくつもの感情は、一筋の涙となってアベルの頬《ほお》を伝った。そして、何かが決壊したかのように涙が溢《あふ》れて止まらなくなった。自分でもなぜ泣いているのか、明確に答えることはできない。それでも涙は止まらない。

「………」

アベルはリリーを攫《さら》われ、それを救えないという現実を突きつけられた。

しかし、ルークはそのことを知らない。

（……なぜ、突然泣き始めたんだコイツは）

パーティー中にいきなり呼び出され、少しだけ興味を引かれたからついてきてみれば、よく分からない質問をし突然泣き始めた。もはや理解不能である。アベルとルーク。

今、二人の間には凄《すさ》まじいほどの温度差があった。

「ルークくん」

「……なんだ」

アベルは涙でぐしゃぐしゃになった顔を上げ、縋《すが》るように声を上げた。

ルークは得体の知れないものに対する気味の悪さを感じながら、渋々それに答えた。

「もう何が正しくて……何が間違っているのか……僕には分からないんだ……」

自分はルークのようにはなれない。全てを救うことなんてできはしない。

こうしている間も監視されている可能性があるため、リリーの命が危険に晒《さら》されているかもしれない。もう、アベルには時間も余裕もありはしなかった。だから――

「ルークくん……僕と戦って欲しい」

アベルは涙を流しながら剣を抜いた。

否《いな》、剣を抜くしかなかった――。

§

「…………」

突然泣き始めたかと思えば、突然剣を抜き戦って欲しいと言い出した。情緒不安定にもほどがある。コイツが今どういった状況にあるのか俺には分からないし、興味もない。

しかし――

「──『闇の剣』」

俺の右手に闇が凝縮し剣となる。

戦いを挑まれ、それを拒むなんて選択肢はない。

「いいぞ。──こい」

「………っ」

アベルがすぐに動くことはなかった。

どれだけの時間が流れただろう。集中すればするほど余計な情報が抜け落ちていく。

……それでも、この苛立《いらだ》ちだけは消えない。目の前のコイツが俺に戦いを挑む理由。そんなことはどうでもいい。しかし、『迷い』のある状態でこの俺に挑んできたことが心底腹立たしい。

「…………」

アベルが動いた。なんの工夫もない正面からの斬撃。覇気がない。殺気もない。

こんなものは攻撃ですらなく、ただの侮辱だ。

「馬鹿が！」

「――かはッ」

殴り飛ばした。初めて剣を交えたあのときのように。

「理由なんてどうでもいい。本気で来い。――どうせ、お前は俺に勝てない」

「……っ」

苛立ちのままに吐き捨てた俺の言葉。それにどれだけの意味を見出《みいだ》したのか。

「ごめん……僕は……ごめん……。――ありがとう、ルークくん」

「…………」

どういうわけか謝罪され、どういうわけか感謝された。全くもって意味は分からない。

分からないが、アベルの目に闘志が宿ったのは確かだ。

「クク、もう一度言おう。――こい」

「――『身体強化』」

魔力の気配。そして動いた。先程とは似ても似つかぬ斬撃。本気の斬撃だ。

――それでいい。全身全霊を傾け向かってくる相手を捩《ね》じ伏せる。それがいい。そうでなくては意味がない。ふむ、相変わらず正直すぎる剣――

「――ッ」

急停止。アベルのその動きは俺の想定外のもの。

「らぁッ!!」

裂帛《れっぱく》の気合いと共に放たれるは、虚を衝《つ》くことのみを目的とした蹴り。

紙一重で防御できるが体勢が悪い。自ら後方へ跳び受け身を取る。——次だ。

……ククク、随分と行儀の悪いことをするじゃないか。誰の真似《まね》だ？　考えるまでもないか。これはアルフレッドさんから教わった……俺がやりそうなことだ。

「アッハッハッハッ！　やはりお前は気色が悪い！」

技は盗むもの。見ていたのだ、俺のことを。いや、観察していたと言うべきか。

「——『身体強化』」

さらに速く。

「——『身体強化』」

さらに重く。

「——『身体強化』!!　——『身体強化』!!」

しかし動きは複雑に。いくつものフェイントを織り交ぜ、俺を欺かんとするその剣。

認めよう。貴様も成長しているということを。アスラン魔法学園で初めて対峙《たいじ》した際は、目を瞑《つぶ》っていても勝てると思ったものだが——目を開けていなくてはならない程度には強くなったな。型破りな動きが増え、その剣はより洗練されている。

「──《スラッシュ》ッ！」

　俺の意識の隙間を狙うかのように放たれた一撃。どうやら、スキルも扱えるようになったらしい。その情報を俺が持っていないことも利用した、容赦のない初見殺し。

「──《ダークスラッシュ》」

「ッ！」

　しかし、お前にできて俺にできないことなどない。アベルは途中で斬撃を中断、即座に後ろに跳び退《の》いた。懸命な判断と言える。

　技とスキルの格が違う。もしそのまま迎え撃っていたなら確実に勝負がついていた。

「少しは成長したようだが、結局は俺の足元にも及ばない。所詮、俺の『真似事《まねごと》』だ」

「…………」

　確かに、五段階の『身体強化』を解放したコイツは速い。並の属性魔法使いを相手にするのであれば、こんな異質な奴とは戦い慣れてないであろうことも加味し完封できるだろう。しかし──

「俺には通用しない」

　特別な魔法もスキルも必要ない。剣を学んで養った俺の『目』は、ほんの僅かにでも視《み》えてさえいれば未来予測すら可能にする。どれほど動きが複雑になろうとも、数回剣を交えれば癖や好みのパターンを見抜くことができる。

いかに速かろうと、いかに重かろうと。視えていれば対処できる。

そう、ほんの僅かにでも視えてさえいれば——。

「ルークくん。僕は……本気で戦っても、いいのかな……」

「……あぁ？」

アベルは今にも泣きそうで、その表情から様々な葛藤の末に出た言葉であることは分かる。それを理解しつつも、俺はふつふつと湧き上がる怒りでどうにかなりそうだった。

「……ふざけるなあああああああああ!!」

激しい怒りが波のように全身に広がり僅かに身体が震える。だが、仮にも今は戦闘のさなか。感情を乱すのは愚かであると脳の冷静な部分が訴えかける。

「これほどの侮辱を受けたのは初めてだ。……二度は言わん、全力で来い」

「うん……分かったよルークくん」

そのとき、プツンと何かが切れたように俺の怒りは収まった。それは、本能的に抱いた警戒心によるもの。

「——《身体強化》」

アベルの姿が消えた。比喩表現ではなく、その瞬間忽然《こつぜん》と俺の視界からアベルの姿が消えたのだ。遅れて聞こえてくる轟音《ごうおん》と風を斬り裂く音。

「――ッ」

視えてさえいれば対処できる。……速すぎて視えない。

「ヤァァッ!!」

声のする方に身体が反応する。角度が悪い。タイミングも悪い。

手を通して全身に伝わってくる凄まじい衝撃。受け流すことなどできるはずもなく、あまりにも容易く俺は吹き飛ばされた。

「――『闇の鎧《よろい》』『闇の翼』」

制御を失った身体を魔法によって制御する。そのまま空中へと舞い上がった。

地上を見てみれば、肩で息をするアベルと目が合った。

そして、思わず笑ってしまった。

「アッハッハッハッハ！」

……魔法を使わされた。自らの意思ではなく、初めて魔法を使わざるを得ない状況に追い込まれた。……しかも、身体を制御するだけなら『闇の翼』だけでいいものを、反射的に『闇の鎧』まで発動していた。それほどあの一撃は重く、この俺が危機感を抱くほどのものだったということ。

――この上なく、面白い。

これほど心躍るのはいつ以来か。

アベルが行ったことは極めて単純。魔法とスキル、両方による〝身体強化〟だ。単純であるが極めて強力。あまりに分かりやすいシンプルな強さ。まあ、再現できないことはないが……今は新しい魔法を試すとしよう。

「――『闇の魔眼』」

俺の目に闇の魔力が宿る。この魔法の効果は、一定の範囲内にいる俺が視界に捉えた者の魔力の吸収。そして、『視る』ということに関する全能力の飛躍的向上。

そして、最低限の『身体強化』。あとは『闇の翼』で調整する。これで十分だ。

「さあ、仕切り直しだ」

「……いくよ」

またしてもアベルの姿が消えた。――いや、高速で俺の右斜め前に跳んだ。

……視える。視えるならば何一つ問題はない。どれほど速く重かろうが、俺ならば対処できる。

「ヤァッ!!」

まったく、舐《な》められたものだ。死角からの攻撃であるにもかかわらず声を上げるのは、コイツが非情になりきれていないことの表れ。

やはり速い。今度反応が僅かにでも遅れたならばそこで勝敗は決するだろう。

しかし、問題ない。何の捻《ひね》りもない袈裟《けさ》斬り。恐らくは無意識のうちに得意としている、あるいは好んでいる型。全体的な動きは複雑になったが、初太刀は相変わらず素直だなァ、アベル。――ほらな、ここだ。

後はこの『力』を逃がしてやるだけ。

「――ッ!?」

呼吸、角度、タイミング……全てが完璧。

俺はたった一つのミスも許されないわけだが、そんなことは万に一つも起こらない。流れる水の如く剣を振り抜く。

アベルは勢いそのままに俺の横を転げながら通り過ぎ、地べたに手をつきながら驚愕《きょうがく》に満ちた目で俺を見る。

「――もう終わりか？」

初めて剣を交えたあのときのように――。

「……まだだッ!!」

斬撃、斬撃、斬撃。理《ことわり》から外れた速度で繰り出される剣撃の応酬。あまりの速さに反撃することは叶《かな》わず、受け流すことに全神経を集中しなくてはならない。

だが、それでいい。何一つとして問題はない。——楽しい。

このスリルがたまらなく愛《いと》おしい。

「……っ」

アベルもその違和感に気づいたようだ。今のコイツは速すぎて『闇の吸魔』を当てることは難しく、発動までにラグのある『闇の太陽』も選択肢から外れる。

ただし、『闇の魔眼』であればこの戦闘に時間制限を設けることができる。『闇の吸魔』のように即効性はないが、俺の視界に映る限りアベルは徐々に魔力を失う。

——それはつまり、時間が経《た》つにつれ少しずつ遅くなっていくということ。

真綿で首を絞めるかのように。ゆっくりと、ゆっくりと力を失っていく。

俺がこの魔法を発動した時点で、アベルに残された選択肢は超短期決戦のみ。

とりわけ初太刀は重要だったわけだが、全ては後の祭りだ。

「俺の勝ちだ」

「……うん」

俺はアベルの喉元に剣を突きつけた――。

§

「やっぱり……君はすごいなぁ……」

「…………」

アベルは地面に倒れ伏し夜空を見上げた。心の中がぐちゃぐちゃで、今の自分の感情がよく分からない。ただ、涙が溢《あふ》れて止まらなかった。

リリーを救うためとはいえ、心から慕う友人に剣を向けた。決して許されることではない。

結局、何も救えはしなかった。自分に残されているのは、もう何も――

「あまり、俺を苛立《いらだ》たせるなよアベル？」

「……え」

ルークの声は静かな怒りを孕《はら》んでいた。

「この俺に勝負を挑んでいるというのに、お前は真に勝利を望んではいなかったな。どこか『迷い』があった、違うか？」

図星、と言わざるを得なかった。アベルはずっと迷っていた。

リリーを救いたい。だがルークを傷つけたくない。

常にそのジレンマに苛《さいな》まれていた。恐らく、アベルがルークに勝つことができたとしても、結局殺すことなどできはしなかっただろう。

「俺に勝ちたければ全てを懸けろ。愚か者め」

心を見透かされているようだった。それだけ言うとルークは踵《きびす》を返した。

もう何も言うことはないと言わんばかりに。

「ルークくん！」

アベルは呼び止めた。

「……なんだ？」

心底不愉快そうな顔でルークは振り返った。アベル自身痛いほど理解していた。

これから言おうとしていることはあまりに虫がよすぎる。それでも、そのあまりに大きすぎる光に縋らずにいられなかった。だがそんなアベルとは裏腹に、ルークは何の事情も知りはしない。

ゆえに、ルークは得体の知れないものに対する気味の悪さを感じていた。

「……っ」

「…………………たすけて、くれないかな……？」

「――ッ」

その瞬間、ルークは強烈な使命感に襲われた。

（なんだ……これは……）

アベルにとって幸運だったのは、ここがギルバート家の領地『ギルバディア』であったこと。加えて、現在多くの有力貴族がこの地に集っていること。今何かしらの問題が起きれば、それはギルバート家の名声を傷つけることに繋《つな》がるかもしれない。だからこそ、ルークはアベルに手を貸してもいいと考えていたのだ。

しかし――そんな理屈はとってつけたものにすぎない。

（……俺は、今、ここで――『このセリフを言わなくてはならない』という抗《あらが》い難い使命感。まったく……つくづくこの世界には明確な『物語』が存在することを痛感する）

自分以外の存在に何かを強いられる。本来、ルークがそんなことを許すはずがない。

……そうであるはずなのに、不思議と従ってもいいと思っている自分がいた。

（期待、しているのか……？　この俺が……）

ほんの僅かとはいえ、そのセリフにアベルがどう答えるのかルークは期待していたのだ。

「――アベル」

ゆえに、笑みをたたえたままアベルの名を呼んだ。

「お前は俺に何をくれる？」

「……っ」

そして、問いかけた。

「助けてやってもいい。だが、その対価として俺にお前は何をくれる？」

「……僕が、ルークくんに……何を……」

アベルの目の前にいる少年は言葉通り全てを持っている。自分があげられるものなど

――

「――っ」

しかし、驚くほどすぐにその答えは見つかった。ずっと見ていたからこそ、アベルは知っていたのだ。ルークが唯一、持ちえないものを。

「僕は……知っているよ。ルークくんが本当に欲しいもの……」

出会ったときから、なぜかとてつもなく惹《ひ》かれた。いついかなるときも圧倒的なその強さに。全てを守ることができるその絶対的な力に。しかし、だからこそ分かるのだ。ルークが求めているものが。それは――

「――好敵手、だよね」

アベルの目に映るルークは圧倒的に強かった。だが、どこか力を制限しているようにも見えたのだ。だから、だからこそ──

「──僕がなるよ。ルークくんが全力を出して戦えるような、好敵手に」

アベルの目には鋼の意志が宿っていた。その言葉に嘘《うそ》はない。本当に、ルークの好敵手になると言っているのだ。

「ククク……アッハッハッハッハ!!」

ルークは笑った。心の底から愉快だといった様子で。

「これは傑作だ。お前ごときが、この俺の好敵手になるだと？　人を笑わせるのが上手《うま》くなったな、アベル。──だが、面白い」

アベルの言葉は確かにルークの心を震わせた。最初にあったのは敗北への恐怖。それが、底知れぬ力への渇望の原動力となっていた。しかし、鍛錬を重ねれば重ねるほどに気づかされる。

──つまらなくなっていく、ということに。

力を身につけるほど世界が色褪《いろあ》せていくのだ。気づけば、自らに制限を課して戦うことが当たり前となっていた。ゆえに、心の奥底では求めていた。持てる力全てをもって、戦うことのできる好敵手を――。

「取引成立、ということにしてやる。――まあ、期待してないが」

「え、じゃあ……」

「助けてやる。さっさと――」

「ありがとう！　ルークくん！」

「……っ。離れろ気色悪い」

感極まったアベルがルークに抱きつき、感謝を述べた。それから、事の経緯を話した。傭兵《ようへい》団の残党に襲われ、リリーが攫《さら》われたこと。正体不明の女性に監視されているかもしれないこと。全てを聞き終えたルークは――

「なんだ、その程度のことか」

「……え」

それはまるでごくありふれた日常であるかのように、一切驚いた様子はなかった。

「――『闇の魔力感知』」

傭兵、遠隔からの監視。その言葉だけで見当はついた。傭兵団のアジトを壊滅させた際に監視していた者と同一人物であると。監視は問題ない。以前ニコールと接触した際、ルークは『闇の加護』を改良した。それによりこちらを監視することは不可能となっている。

ならば次だ。ルークは闇魔法を組み合わせた魔力感知により、超広範囲でその魔力を探った。

「なんだ、意外と近いじゃないか。──『闇の翼』」

そう言うと、ルークは凄《すさ》まじい速度で上空へと飛び立った。目まぐるしく変わる状況に、アベルはただ呆然《ぼうぜん》と立ち尽くすしかなかった。

「ルークくん、本当に──え？」

すると、遠くから響く轟音《ごうおん》。しばらくそこに目を向けていると──

「ほら、これでいいか？」

闇の球体と共にルークが戻ってきた。その球体はゆっくりと地面に落ち、二人の人間が気絶している状態で現れた。一人は主犯と思われる女性、そしてもう一人は──

「リリー！　ごめん……本当にごめん……無事でよかった……本当によかった……」

意識はない。それでも生きている。傷一つない。それはあまりに呆気《あっけ》ない救出劇であった。

（本当に……『その程度のこと』だったんだ）

自身がもはやどうすることもできないと絶望したことが、ルークにとっては片手間でどうにかなることだった。

（…………………これなんだよなあ）

アベルは思う。ルークは太陽のような人であると。

（どうしようもないほどかっこよくて、どうしようもないほど憧れてしまう――）

「その女は好きにしろ。俺は――なんだ……は？」

よく知る膨大な魔力を感じ二人が振り返れば、巨大な氷柱《つらら》が見えた。加えてそれは、ルークの屋敷の方向である。

「……今日は厄日だ」

そう言ってルークは歩き始めた。面倒事が起きているであろうことに、疲れたため息をつきながら。

「ありがとう！　ルークくん！　本当に！　本当にありがとう！」

アベルは叫んだ。言いたいことはたくさんあったが、今はありったけの感謝を伝えたかった。その言葉を聞き、ルークは振り返ることなく立ち止まった。

「……いつでも来い。証明してやる、最強はこの俺であるとな」

「うん、必ず追いつく。――いや、追い越してみせるよ」

アベルに言葉を返すことなく、ルークは再び歩き始めた。

「本当に届くと信じて、『太陽』に手を伸ばす人はいないけど……僕は、手を伸ばさずにはいられないんだ――」

誰に伝えるでもなく零《こぼ》したその言葉は、アベルの覚悟であり決意だ。

第五章　帝国

1

不鮮明な意識。視界も少し霞《かす》む。まるで波に揺られているかのようだ。

ゆっくりと辺りを見渡してみるが、そこはどこまでも闇に包まれた世界だった。

「原石ならば磨くという発想も理解できる」

「え……？」

声がした。だから声の聞こえた方向に振り返ったのだが……誰もいない。

「しかし、それが既にこの上ない輝きを放つ唯一無二の宝石ならばどうだ」

「……いや、何の話？　というか本当に誰――」

そして、ソイツは悠然とそこにいた。

真紅のカーペットによく映える、独特な雰囲気を放つ純白の玉座に座しているのは――

『ルーク・ウィザリア・ギルバート』だった。

「……は？」

退屈そうに頬杖《ほおづえ》をつき俺を見るソイツ。当然のごとく何一つ理解できないこの状況。脳内にはいくつもの疑問符が泡のように浮かぶ。しかし、そんなことお構いなしと言わんばかりにソイツは話を続けた。

「『怪物』と恐れられる可能性だってあった。この『俺』が努力するとはそういうことだ。弱者は理解を超えるものを排斥しようとする。――そして、この世は弱者の手で回っている。数が多いという理由だけでだ」

「…………」

心は未《いま》だ酷《ひど》く騒がしい。様々な感情が入り乱れる。それでも不思議と聞き入ってしまう。自然と耳を傾けてしまう。

「クク……だが、ここで面白いことが起きた。お前という『不完全さ』がある種の魅力となり、周囲に多大な影響を与え始めたのだ」

目を擦り、幾度となく目の前の事実を噛《か》み締める。どれほど確かめようとも導かれる結論は変わらない。まさしく本物の『ルーク』だ。上手く言い表せないが確信がある。

なのに……なんだ、この妙な違和感は……。

「真に完全なる存在となるには、一縷《いちる》の不完全ささえ必要だったというわけだ。実に矛盾しているが……この世は上手くできているな」

「…………」

口を挟むことなどできなかった。

それほど有無を言わさぬ、得体の知れない威圧感と気配があった。

「まあ、どのみちやることは変わらない。頂点に立つべきは俺であるということを知らしめてやればいい。——いや、『俺たち』か？」

§

「…………」

目を開ければよく知る天井。意識と肉体が上手く繋《つな》がっていない感覚。

しかし、夢で見た『ルーク』の姿は鮮明に覚えている。そしてなぜか、唐突に夢の中で抱いた違和感の正体を俺は理解した。あの目だ。理由は不明だが、まるで見下されていなかったのだ。それが俺の中のイメージと乖離《かいり》している。

相手が俺だったからか……いや考えるだけ無駄。

「……所詮夢だ」

「あら、どんな夢を見たのかしら？」

頭の半分はまだ覚醒とは程遠いところにあるが、俺はゆっくりと身体を起こした。起こさざるを得ない理由が悠然と座っていたからだ。

「アリス……」

勝手に俺の部屋に入っていることにもはや怒りは湧かない。あるのは『またか』という思いと共に零《こぼ》れるため息のみ。身支度するためにアリスを追い出そうとしたが、そのときふと思い出したことがあった。

「お前、あの日俺が来るのが遅れていたら毒魔法を使っていたな？」

コイツは有力貴族が多く集まるパーティーで魔法を使うという失態をおかした。

「ええ。あの女は死んで当然のことをしたわ。毒なら兄さんがいても殺せるでしょ」

「………………」

しかし、俺の目の前にいるアリスは何一つ悪びれた様子はない。実際、ヨランドや父上、そしてロンズデール家という家柄によってそれ自体は呆気《あっけ》なく処理された。が、問題はコイツが毒魔法を使おうとしたことだ。

「まだ毒魔法は制御できないのだろう？　大勢死んでいた可能性だってある」

そう、アリスは氷魔法ほど上手く毒魔法を扱えない。正確には威力を調整できないのだ。しかもタチが悪いことに、アリス自身が解毒することはできない。

「ミアがいたもの、そうはならないわ」

「アイツはお前が生み出した毒も解毒できるのか？」

「……分からないわ」

「おい」

言い淀《よど》むアリスをこれ以上追及はしなかった。つまるところ、コイツは頭に血が上っていたのだ。それよりも……その主犯の女とやらはなぜ俺の命を狙うのか……。

「……はぁ」

やはり面倒事は尽きない。探せばキリがないほどに。――が、実のところ俺は今とても気分がいい。俺はベッドから腰を上げた。

「まあいい。身支度をする、出ていけ」

「嫌よ。見たいわ」

なぜなら、今日は帝国へと向かう日だからだ――。

§

数日前。ルークの父、クロードの書斎にて。

「後生でございます旦那様ッ！　どうかルーク様と共に帝国へ向かうことをお許しくださいッ！　どうかッ！　どうかあああああッ!!」

「………………か、構わんが」

「おおなんと……心より感謝いたします……」

「…………」

なぜか涙を浮かべているアルフレッドを見ながらクロードは思う。

（お前……こんな感じだったっけ……）

氷竜のときから何やら様子がおかしい。いや、元よりアルフレッドは情緒不安定であり、それを知らなかっただけなのか。

クロードの疑問は尽きない。しかし――

「ルークを頼むぞ」

「命に替えても」

変わらぬこともある。アルフレッドの目は、戦場の鬼と恐れられたあの頃のままであった。

§

――ミュラ神聖国、メイドラッド城。

背後の玉座の間では今も聖王を中心に会議が続いているのだろう。その内容についても容易に想像がつく。ミレスティア王国――愛すべき我が国にとって障壁となる、彼《か》の魔法大国についてだろう。

魔道具などの魔法技術、戦士の育成、時代錯誤な亜人種差別。全てにおいて劣っているが、ただ一つ、圧倒的な魔法力という脅威のみによって、周辺国は媚《こ》びへつらわざるを得ない。帝国に至っては友好国と謳《うた》ってはいるものの、言葉を選ばずに表現するなら属国だ。ミレスティアと他国の関係も決して良好なものではない。こんな国が栄えている世界などあってはならないと彼は思う。しかし、それについて考えるのは自分の役目ではない。だからこそ玉座の間から退室したのだ。

「……ニコール」

ミレスティアに向かった彼女との定期連絡が途絶えた。それが先程の会議で伝えられたこと。本来なら今すぐにでも安否を確かめに向かいたい。だが、それは許されていない。

極めて希少な鬼人種たる彼に、人間である彼女との血の繋《つな》がりはない。それでも、『妹』だ。腹の底に重い石を抱え込んだような、黒々としたわだかまりを少しでも薄めるために立ち止まったとき――背後から厚い扉が開く音が聞こえた。

「あ、フォーティス！　晴れ舞台だよ！」

弾んだ声が聞こえた。そこにいたのは、自身の半分の背丈もない小さな少年だ。だが、見た目などなんの意味もないことを彼は知っている。なぜならその少年に見える存在はエルフであり、年齢だけならば彼よりも上なのだから。

「何がだ？」

「それよりさ、角！　触らせてよ！」

「いいぞ」

彼、フォーティスは嫌な顔一つせず屈《かが》んだ。

「わー！　ほんとかっこいいね！」

「…………」

「肩車してよ！」

「いいぞ」

角をかっこいいと言われほんの僅《わず》かに照れてしまっているフォーティスであったが、男の矜持《きょうじ》によりそれを表情には出さない。額から生える二本の角と、三メートル近くある巨《きょ》軀《く》以外に人間と見た目の差異はないが、それでも国によっては入国することすら拒まれるだろう。例えば、ミレスティア王国のような差別感情が蔓延《まんえん》している国ならば。

「それでキリル。どうしたんだ？」

肩車したまま、フォーティスはゆっくりと歩きだした。万が一にも落ちることがないよう、細心の注意をはらいながら。

「実はね、ボクのお友達の力を借りて『ギルバディア』を攻めるんだー」

「なんだと⁉　ダメだ！」

フォーティスの怒号が響いた。

「お前は、魔法が……」

「大丈夫だよ。だから言ったでしょ。ボクのお友達の晴れ舞台だって」

「…………しかし、情報が少なすぎるだろう。ニコールの件だってあるんだ。それに、なぜお前なんだ……」

「そのニコールを助けるためさ」

「…………っ」

ニコールからの定期連絡によって知り得た情報。『闇』が剣聖祭を見るため帝国へ赴くという。理性では、確かにニコールを救出するならばこの機をおいて他にないことは理解している。しかし、理解しているだけだ。決して容認できるものではない。

「これは足りない情報を得るためでもあるんだよ。というか、たぶんこっちが本当の目的かな。『闇』以外にも脅威となる存在、技術はあるのか。ボクたちは侮っていた。まずは知らなくちゃ」

「なら俺が行けばいいだろう」

「ダメだよ。君の力は個としてのもの。こういったことには向かないよ」

「だが――」

「それに、フォーティスは帝国へ行くつもりでしょ？」

「なぜそれを……？」

「分かるよ」

「…………」

声を聞けば分かる。これ以上の問答は少年、キリルの覚悟を愚弄する行為。

ゆえに、フォーティスはただ一言――

「必ず戻れ」

「うん。心配しないで、ボク強いから」

2

帝国領土は決して広くはないが、都市の大半がとても栄えており周辺諸国からの評価も高い。その中でも、帝都エリス・ティラは一際先進的だ。特にこの時期は騒がしいほどの熱気が渦巻いている。『騎士の国』と称されるこの国で、『剣聖祭』が持つ意味はそれほど大きい。当然、他国の重鎮の姿も多く見える。

「あー、うぜぇ」

そんな風景を窓越しに眺めながら少女は愚痴を零《こぼ》し、鏡台に粗野に腰を下ろしてそのまま足を組んだ。櫛《くし》を手に取り、白髪の交じった前髪を数回整える。その際、目付きが悪いとよく言われるために自然と自分の表情を確認してしまう。誰にも言っていないが、そのことをほんの少し気にしている。

ハーフエルフたる彼女の少し尖《とが》った耳には、数多くのピアスがつけられている。気分によってそのいくつかを替えるが、今日はこのままのようだ。お気に入りのチョーカーを首につけ――そのとき、左目が僅かに金色の輝きを放った。映るのは緑色の光を放つふわふわとした存在、精霊だ。

「お前らは静かで可愛《かわい》くていいぜ」

彼女には特別な力があった。魔法やスキルとは根本的に異なる、まさしく天が与えた『ギフト』と呼ぶべきもの。それが『精霊眼』だ。

精霊を視認し、干渉することを可能にする極めて稀有《けう》な能力。そして、精霊眼を持つ彼女だからこそそのとてつもない異変に気づけたのだ。

「ん、なん――はあああああああああッ!?」

窓から差し込む陽《ひ》の光が急激に大きくなったかと思えば、次々とその色を変えた。

しかし、彼女はそれが陽の光などではないことを瞬時に理解した。それは――見たこともないほど大量の精霊による、見たこともないほど大きな光なのだと。

「なんだよ……ありゃあ……」

少女は尻餅をつきながら、消え入りそうなか細い声でそう呟《つぶや》いた。

§

貴族という身分を煩わしく感じることが時折あるが、今がまさにそれだ。俺の目の前にいるのはこの国の有力貴族共。俺の氷竜撃退を祝うパーティー後もなぜか残り続けていると思えば……こういうことか。

「ルークくん！　いよいよだね！」

「………………」

全てはアベル……この馬鹿のせいだ。こうなっては正式に貴族として帝国へ行かなくてはならない。当然、面倒事も増える。だからわざわざ冒険者という身分を作ったというのに、全てが水の泡だ。

だがそうか。こういう場では、アベルが単なる平民であることを思い出す。注がれる視線は決して好意的なものばかりではない。たとえアスラン魔法学園の生徒だとしても、やはり完全に認めることはできないか。

この国の貴族社会に根付く差別意識。能力以外のものさしは全く理解できん。

「おい、ディア」

「は、はい……！」

俺の呼びかけに応えるようにディアは身体をビクンと震わせ、すぐにその大きな頭を下げた。

「父上の命には絶対に従え、いいな？」

「はい！　もち……もちろんでござましゅ……ます」

「それと……」

「はい、まだ何か……？」

「寒い」

「え？」

「お前の近くにいると寒い。魔力を抑えろ」

「ひいいいい！　すみませんすみません！」

アスランの襲撃事件といい、どういうわけか俺を狙っている勢力がいるらしい。俺自身を狙ってくるならどうとでもなる。面倒なのは父上や母上を狙ってくる場合だ。まあ、俺の両親だ。そこらの有象無象に後れを取るなどありえんが、あの魔法を無効化する魔道具の件もある。備えすぎ、ということはないだろう。

「ルーク、気をつけて行くのよ」

「はい、母上」

「ルーク、不快な者がいたら私に――」

「もう、あなた……アメリア先生、フレイア先生、うちのルークをどうかよろしくね」

「お任せください」

「責任を持ってお預かりいたします」

フレイアはまだしも、アメリアさんがまるで常識人であるかのような振る舞いをすることには未《いま》だ慣れない。まあ、そんなのは些細《ささい》なことだ。

本当に、自分でも驚くな。これほど心が弾むとは。

「……クク」

それから面倒な挨拶を済ませ、俺たちは馬車に乗り込んだ。

なぜ、いつの間にかアリスとミアまでもが同行することになっているのか、一片の疑問を抱きながら。まったく……有力貴族なんてものはクソだな。

そういえばポルポンの姿が見えない。奴《やつ》も来ていたはずだが、もう王都へ戻ったか。多少、第二王子であるアイツが何をしに来たか気になりはするが……。

§

あの場にはなぜ自分も誘わなかったのかとアベルに文句を言うリリーの他に、空間魔法を扱えるエレオノーラもいたのだ。もしも、当初の計画通りルーク一人であったならば空間魔法を使うことで、現在使用している馬車による移動よりも大幅に時間を短縮することができただろう。しかしそれには問題が二つある。

一つはエレオノーラの扱う空間魔法では、あまりにも大きな魔力量をもつ複数の存在には干渉できないということ。もう一つは、彼らがミレスティア王国が誇る大貴族であるということ。仮に空間魔法が使用可能だとしても、彼らには保たなくてはならない体裁というものがある。だからこそ今、何人もの騎士を引き連れた大所帯で移動しているだ。

「ル、ルークくん……そ、そろそろ到着すると思うから起きて欲しいんだけどなぁ……あはは……」

まるで助けを求めるかのような弱々しい声。実際その声の主、アベルは助けを求めていた。この馬車にいるのは四人。ルークが寝てしまえば、残るはアリス、ミア、アベルの三人。しかし、お世辞にもアベルは他の二人と仲がいいとは言えない。ルークがいなければ成り立たぬ関係性。息が詰まり、窒息しそうなほど居心地が悪かった。

（もう嫌だあああ！　ルークくん頼むから起きてくれよおおお！　アリスさんは時々とんでもない形相で僕を睨《にら》んでくるし、ミアさんはずっと寝てるルークくんを眺めながらものすごく危険な表情をしてるし！）

ルークが眠りについてから、アベルは少しでも打ち解けようと努力した。努力することは得意だ。どれほど高い壁であろうと、努力と工夫によって乗り越えられると心から信じている。だが、何を言ってもアリスからは「気安く話しかけないでくれる？」と言われ、ミアに至ってはうっとりとした表情のまま返答がない。八方塞がりとはまさにこのこと。心の中で何度も友人であるリリーに助けを求めたが、彼女はこの場にはいない。

努力はした、ならば次は工夫だ。思考を切り替え、アベル自身も寝てしまおうとした。しかし、全く眠ることができない。もはや手詰まりであった。何を話せばいいのか。そもそも話すべきなのか。普段自分は友人と何を話していたのか。何もかもが分からなくなっていき、暗闇の中を彷徨《さまよ》い歩いているような感覚に陥っていった。

（く、苦しい……息、が…………）

凍りついたような沈黙。眠れはしないがとりあえず目を瞑《つぶ》り、寝たフリをして過ごそう。アベルがそう決意したそのとき——

「なんだ、もう着いたのか？」

ルークが微睡《まどろ》みから目を覚ました。ようやく、救いの手が差し伸べられる。

「る、ルークくん……うぅ……」

「……なぜ、泣いているんだアベル」

目頭を親指と人差し指でこすりながら、ルークは自身の右隣に座る男について考える。

彼からしてみれば、アベルがなぜ縋《すが》るように涙を流してこちらを見ているのか皆目見当がつかない。

「おはようあなた」

「あぁ……誰があなただ」

「目覚めに何か私にして欲しいこと、もしくはしたいことはあるかしら？　いかなる願いでも叶えるわ」

「黙れ、いらん」

アベルはこの光景を見ながら思った。

（饒舌《じょうぜつ》！　アリスさんが急に饒舌！　さっきまで喋《しゃべ》ったら殺す、みたいな雰囲気だったのに……）

「あ、あの！　おはようルーク！」

「あぁ」

「………」

アベルの知るミアはとても常識人であり、時折過激な発言をするアリスとよく口喧嘩《くちげんか》をしているイメージが強い。だが、今彼の目の前にいる彼女はどこかおかしい。表現することは難しいが、時折身体をモジモジとうねらせ、その目はどこか危険な雰囲気があるのだ。

（なんか……怖い……）

そう、アベルは戦士として研ぎ澄まされた感覚と生物としての本能により、ミアの危うさを察知した。とはいえルークが目覚めたことで、アベルの顔には少しだけ笑みが戻った。

§

一方、もう片方の馬車では。

「だからですね、アルフレッドさん。貴方《あなた》はルーク君の魔法を見たことがあるんですか？　ないですよね？　ルーク君の剣術は私の目から見ても素晴らしいですが、やはり魔法に重きを置くべきだと思いますけどね」

「お言葉ですがアメリア殿。ルーク様の剣術をどれほど理解しておられますか？　元王国騎士団副団長として申し上げますが、あの才は常軌を逸しております。珍しいのではなく、過去に一切の例がないのです。実際、彼の氷竜を捩《ね》じ伏《か》せたのは剣術ではありませんか」

「ではこちらも現魔法研究局局長、兼魔法騎士という立場から言わせてもらいますけど、ルーク君の闇魔法は歴史的に見ても――」

「…………」

ルークの剣の師と魔法の師による熱い議論が繰り広げられていた。

（ふふ、お姉ちゃん楽しそうでよかった。はー、お腹空《なか》いた。着いたら甘いものいっぱい食べよー）

そんな中、早く着かないかなと願いながらフレイアは窓から外を眺めた――。

§

――『グレン帝国』。

ミレスティア王国と比較すれば、帝国は規模や人口といった面で遥《はる》かに劣る。しかしながら、豊かさでいえば勝るとも劣らないものがある。また、ギルバート侯の治める都市ギルバディアのような一部の交易都市を除き、王国には他国からの人材や技術の流入といったものがほとんどない。その一方で帝国はとても開かれた国であり、他国との交流が活発に行われ新しいものが積極的に取り入れられている。様々な文化が交じり合い、結果として一つの独特な文化を形成しているのがグレン帝国という国なのだ。

そんな帝国の第一皇子、キースウッドは無欲な男であった。

皇帝という地位にまるで興味がなく、さっさと継承権を放棄したいと考えているほどに。しかし幸か不幸か、そんな思いとは裏腹に彼は極めて有能な人間であり、彼の父、つまり現皇帝から多大なる期待を寄せられているのだ。そのため、本当は辺境に領地でも貰《もら》い静かに暮らしたい、などとはとても言い出せる雰囲気ではなくなってしまっているのである。

（あぁもう……なんで王国貴族なんて来るんだよ……嫌だなもう……）

頭を数回ボリボリと掻《か》く。暗澹《あんたん》たる気持ちだった。帝国の人間で、好んで王国の人間と関わりたい者などいやしない。それはキースウッドとて例外ではない。

「最後にもう一度確認する。貴族ではなく王族と思え。もし、王国の方々に対し僅かにでも不審な動きをする者がいれば即座に罰して構わん。──死刑を執行せよ」

「ハッ！」

この来訪が決まってからというもの本当に毎日が憂鬱であった。剣聖祭に一切関心を示さなかった王国が、今年は一体なぜ参加するのか。他国からも懐疑的な目を向けられている。そこに何らかの政治的な思惑があるのを疑うのは必然であった。

今回は教育の一環で学生を伴うとのことであるが、それを素直に信じろという方が無理な話である。

（マジで城まで案内したらいっぱい寝よ……）

しかし、正直に言えば全くもって関わりたくない、というのがキースウッドの本心だ。

そんなことを考えていると——見えた。

王国の国旗を掲げる二台の馬車。その周囲を護《まも》る純白の騎士たち。何かの間違いでこのまま帰ってはもらえないだろうか。そんな叶うはずの願いを抱きつつ、この国の皇子として最後の叱咤激励《しったげきれい》をしなくては。

「おい、気を引き締——なんだ……笛？」

どこからともなく響く笛の音。

「抜剣ッ！」

そのとき、遠目にだが王国の馬車に迫る黒く蠢《うごめ》くものが見えた。キースウッドの知識は即座にその正体を明らかにする。それは、ヘルハウンドと呼ばれる魔物の群れであると。

瞬間、地を蹴った。キースウッドは凄《すさ》まじい勢いで加速する。

（最悪の失態だッ！　間に合ってくれッ！）

ここで王国の馬車が襲われるようなことがあれば帝国の責任問題。さらには、帝国に戦争を仕掛けるいい口実にされる可能性だってある。こういった事態が起こらないよう、帝国から正式に依頼を出し、ここ数日ずっと冒険者にこの街道の魔物を徹底的に駆除してもらっていたのだ。

前日、キースウッドも自ら確認している。数匹ならまだしもこんな群れで現れるなどありえない。などと疑問が雲のごとく湧き起こるが、これは今考えるべきことではないと瞬時に脳内から追い出した。

「グルガアアアアアアアッ!!」

「――《限界突破》《超身体強化》《超加速》ッ!!」

さらにキースウッドの速度が増す。が、分かっていた。間に合わないと。

ならば、次に考えるべきはいかに被害を抑えるか。死者が出るようなことは絶対に避けなくては。

(もうなんでこうなるんだよクソッタレがあああああッ！　――え？)

そのとき、彼の視界に映ったのは馬車からニョキッと生える大きな杖《つえ》だ。よく見れば、それは生えているのではなく窓から突き出されたものであった。

「――ッ!?」

キーンという耳を劈《つんざ》く音。空気が激しく震え、その衝撃が肌を撫《な》でた。

「……は？」

一体何が起きたのか。それはすぐに理解することとなる。

――パンッ。先頭を走るヘルハウンドが文字通り破裂した。それを皮切りに次々とヘルハウンドが破裂していき、群れだったものは肉塊となり散らばった。

「はは……魔法ってすげー……俺は大丈夫だよね？」

自分もヘルハウンドのように爆散してしまうのではないかと、自分の身体をペタペタと触る。――どうやら大丈夫のようだ。

そのとき、気配を感じ空を見上げれば、

「上空より失礼します。私は王国より参りまし――」

大きなとんがり帽子をかぶった、実に魔法使いらしい女性がゆっくりと降りてきた。

どうやら、王国からの来訪者は無傷のようだ。

（うわー、誰か降りてきたー）

とてもふわふわとした頭で、キースウッドはそんなことを思った。しかし、あの突然現れたヘルハウンドの群れは一体何だったのか。あまりにも不自然に感じる。

その違和感だけは最後まで拭うことができなかった。

§

剣聖。言わずと知れた帝国が誇る最高戦力。

加えて、現剣聖は歴代最強と称されており、その存在を仄《ほの》めかすだけで周辺諸国に圧力をかけることができるため、それは単純な戦力としてだけではなく極めて政治的な意味を持つ。

——ドンドンドンドンドンッ！

「…………」

しかし剣聖たる彼、『サイラス・シュバルツ』という男はそういった政治の世界など真っ平であった。彼の感覚はとても庶民的であり、何となく出場した剣聖祭で今の地位についてからというもの、お金に困ることは皆無となったが未《いま》だに冒険者として活動しているのは、偏《ひとえ》に『好きだから』だ。もちろん、貴族たちは彼のこういった側面をよく思っていないが。

——ドンドンドンドンドンッ！

「サイラスてめぇ！　起きてんだろ！　アタシに居留守使おうってのか！　悲しいぞコラ

ッ！　ここで泣き喚《わめ》いてやろうか⁉　あぁん⁉」

「………………」

帝国の民からすればもはや常識であるのだが、驚くことにサイラスの住居は豪華というわけではない。むしろ一般的な平民のそれよりも小さい。皇帝より与えられた屋敷に住んでみたことはあるのだが、広すぎると落ち着かない、という理由によりすぐさま返上したのだ。

今の住居は概《おおむ》ね気に入っているのだが、不満があるとすればせっかちな来訪者のノック音がやたらと響くことくらいか。

――ドンドンドンドンドンドンッ！

「おいサイラス本当にいねぇのか‼　サイラアアアアアアアアス‼」

「あああああぁッ！　うるせぇえええええええッ！」

サイラスが怒りに任せて扉を開ければ、予想通りの少女がそこにいた。これまた予想通り、全く悪びれる様子がない。

「ふざっけんなよミーティ！　何度も言ってるがな——」

「ちょっと来い」

「は？　おい、待て……ふざけんなあああ！」

何一つ状況を理解することなく、何の身支度をすることも許されず、サイラスは強引に連れ出されるのだった。

§

精霊眼を持つハーフエルフの少女、ミーティが剣聖サイラスを連れ出した明確な理由はなかった。言うなれば、それは単なる『勘』である。彼女が見たあの大量の精霊。あれほど精霊から愛される者が普通であるはずがない。敵か味方か、はたまたどちらでもないのか。それは未《いま》だ不明だが、強さにおいて最も信頼しているサイラスには、見せておいた方がいいと思ったのである。

「……やべぇじゃん」

白馬に跨《また》がる第一皇子を先頭に街道をゆっくりと進む、ミレスティア王国の国旗を掲げた二台の馬車。平民からすればそれだけでも見慣れない光景であるが、彼女の目に映るのはそれ以上に言葉を失うものであった。

――光と闇を含む、全ての属性を司《つかさど》る精霊たちがひしめいているのだ。

あまりの情報量に立ちくらみがし、思わず目を瞑《つぶ》ってしまうほど。

「すげー、なんか偉い人でも来たのか？」

サイラスのあまりに呑気《のんき》な発言にミーティはため息をついた。

「馬鹿、知らねぇのか？　あれは――」

そのとき、通り過ぎるはずの馬車が唐突に停《と》まった。そしてゆっくりと扉が開かれる。

「ルークくん、ダメだよ急に降りちゃ！」

その瞬間、水を打ったように静まり返った。

一人はとても綺麗《きれい》な顔立ちをした金髪の青年、そしてもう一人は慌てた様子で彼を止めようとする黒髪の青年。この光景を見守っていた帝国の民たちに緊張が走る。決して関わりたくない王国貴族が、何事もなく通り過ぎると思っていた馬車から降りてきたのだ。

まさしく異常事態である。――しかし、この場の全員が一切の言葉を失った理由はそれだけではない。それは気配。カリスマと称すべき、その圧倒的な支配者の気配が人々から言葉を奪ったのだ。

「おい、そこの女」

金髪の青年、ルークの言葉に人々が自《おの》ずと左右に分かれる。その先にいるのはハーフエルフの少女と、眠そうに欠伸《あくび》をするこれといった特徴のない凡庸な見た目をした男。

「…………っ」

王国貴族に声をかけられた。即座に返答しなくてはならない。

しかし、咄嗟《とっさ》のことでミーティは声が出ない。左目を通して映る現実をまだ受け止めきれずにいるのだ。心の中に浮かんだ『化け物』という言葉を口に出すことなく呑み込めたのは、彼女にとって幸運であったに違いない。

§

「おや、おやおや？　誰かと思えば俺の可愛《かわい》い弟ではないか。久しいな、息災か？」

「お久しぶりです、お兄様。はい、おかげさまで元気にしております」

ミレスティア王国、王城。

嫌な人物に会った、とポルポンは心の中でため息をついた。だが、彼はそれを欠片《かけら》も表情には出さず、屈託のない笑みで応えた。今彼の目の前にいるのは自らの実兄にしてこの国の第一王子『アレクドラ・ベヒィ・ディアン・ミレスティア』である。

「そうか、それはよかった。それはそうと、ほら。早くこっちへおいで。この兄に抱きしめさせておくれ」

「………はい」

一切の抵抗もなくポルポンはそれを受け入れた。彼の明晰《めいせき》な頭脳をもってしても理解不能なこの行動に忌避感を覚えないわけではない。ただ、慣れているのだ。もはやなんの感情もありはしない。あるのは、『またか』という諦めのみ。

「はぁ……いい匂い」

「………」

気色の悪さにゾッとしたものを感じる。やはり、この気持ちの悪さだけは慣れないようだ。とはいえ、彼がこんな一面を見せるのはポルポンにのみ。それを除けば、アレクドラはまさしく『完璧』という言葉がふさわしいとポルポンは評価する。ルークという存在を知るまでは、この世で最も才に恵まれたのは自らの兄であると確信していたほどだ。

ゆえに、ポルポンは思考を巡らせる。ミレスティア王国をより良いものとするために、この男をどうにか利用できないか、と。

「なぁ、弟よ。――王族でありながら貴族派閥に与《くみ》する、なんてことはないよな？」

「………っ」

抱きしめられながら不意に耳元で囁《ささや》かれた言葉に、電流が走ったかのごとき衝撃を受ける。だが、この程度では呼吸一つ乱れはしない。

「お兄様、一体、何をおっしゃっているのですか？」

「………」

疑念を隠そうともしないその瞳には僅かな光もありはしない。ただ冷徹に、冷酷に、真実を求める目だ。現国王にして実の父、メンギス。彼の持つ極めて特殊な属性『運』が、魔法ではない何らかの形で遺伝しているのではないかと思うほど、アレクドラの『直感』は鋭い。

（ほんの少しだけ……ルーク君に似ているな。…………いや、やっぱり全然似ていない。ごめんなさい）

なぜかルークにブチ切れられそうな予感がし、心の中で謝罪した。

「ふーん。まあ、何となく聞いてみただけだよ。他意はない。でも俺の『直感』って外れたことがないからさ、少し心配だよ。愛する弟をこの手で殺さなければいけなくなるんじゃないかってさ」

「そのようなことにはならないですよ、お兄様」

ポルポンは笑った。彼の考える最も無邪気な笑顔を向けた。

そして、暫《しば》しの静寂がこの場を支配した。

「………だよね～、良かった～！　はぁ～ほらおいで！」

弾けたように笑みを浮かべるアレクドラ。なぜか鼻息の荒い兄に再び抱きしめられながら、ポルポンは思う。やはり、この男は危険であると。

もし味方にならないのであればそのときは――死んでもらった方がいい。

§

氷竜ディア。

彼女は今何とも不思議な感情を抱いていた。下等種であるはずの人間に支配され、屈辱と怒り、そして圧倒的な恐怖に塗《まみ》れた日々を送っていた――はずだ。だが、その支配者たる人間が『テイコク』などという、よく分からない場所に行った。それから数日――なんと愉快なのだろう！

束《つか》の間のこととはいえ、あの恐怖を忘れられる。今、自身の周りにいるのはほんの少し力を振るえば羽虫のごとく殺せる矮小《わいしょう》な存在のみ。一体、何に臆する必要があろうか。自らが絶対的強者であることを再認識できる。文字通り、羽を伸ばせるというものだ。

「………」

しかし、なぜだろう。愉快なはずの心がなぜか空虚だ。ぽっかりと穴が空いたように空虚だ。ディアはこの感情の名前を知らない。知らないからこそ腹が立つ。

「なんだか寂しそうね、ドラゴンさん」

そのとき、声がした。ゆっくりと目を開けてみれば、眼下に人間が一人。竜である彼女には人間の容姿などほとんど区別がつかないが、これは覚えている。『ハハ』と呼ばれる存在だ。生物である以上自身にもいるのだろうが、彼女はそれを知らない。

「──図に乗るなよ、人間」

この人間は『チチ』ではない。ならば、媚《こ》びへつらう必要などない。

今、ディアは機嫌が悪かった。自らの心に渦巻く得体の知れない不快な感情が消えないからだ。煩わしくて仕方がない。

「気安く話しかけるな。貴様と話すことなどない」

「あら、いいじゃない。減るもんでもないし」

「何度も言わす──」

「お話しましょうよ!!」

「………っ」

なんだ、この人間は。なぜ臆さない。強いのか？　いや、そんなことはない。そこらにいるゴミよりは魔力量が桁違いではあるが、所詮は人間の範疇《はんちゅう》。魔力に『色』もない。攻撃できないと安心しているのか？　いや、これはそういった理由によるものではないと竜としての感覚が告げる。ディアはますます目の前の人間のことが分からなくなった。

だが、一つだけ分かることがある。

それは気配だ。どこか、自らの主『ルーク』と似たものを感じてしまう。

「私はジュリアって言うの。ルークの母親よ。よろしくね、ディアちゃん」

「黙れ。貴様と話すことなどない。さっさと我の前から消えろ」

「やっと話しかけられたわ！　ずっと話したいと思っていたの！　私もルークが帝国に行っちゃってそれはもう、寂しくって。あの人はなんだかずっと忙しそうにしているし、話し相手が欲しかったのよ！」

「…………」

本当になんなんだこの人間は。しかし、気になることを言った。

「…………寂しい、だと。なんだそれは……？」

少しだけ気になる。だから、少しだけ聞いてやってもいい。それだけのことだ。

「寂しい？　うーん、いざ聞かれると説明が難しいわね。そうね、会いたい人に会えなくて悲しい、って感情かしら」

「会いたい……だと。ならば見当違いもいいところだ。我は誰にも会いたくなどないが……？」

「え、嘘《うそ》よ！　見ればわかるわよ。ディアちゃんもルークに会いたいんでしょ」

「ハァッ!?　何を馬鹿なッ！　貴様は知っているのか？　我がなぜこのような立場に身を堕《お》としたのかを！　できることなら、腸《はらわた》を喰《く》い破って――」

「嘘よ」

「…………」

ディアは思う。この人間とは会話にならない。何を言っているのか全くもって理解できない。第一、なぜこうも全てを見透かしたようにものを言えるのだ。そういうところもあの憎き主とそっくりではないか。

「そうだ！　暇すぎてクッキーを作ったんだったわ。今持ってくるから待っててねディアちゃん！」

「いらん。そんなもの食えるか」

「すぐ戻ってくるから！」

「おい！　話を聞け！」

そもそも、『クッキー』とはなんだ。全く、なんなんだあの人間は。

鬱陶しいことこの上ない。そんなことを思いながらディアは頭を地につけ、目を瞑《つぶ》る。

しかしなぜか、心に渦巻く煩わしいものが少しだけ消えていた。

「……ん？」

不意に目を開ける。首を起こし、感覚を研ぎ澄ませる。

魔物の気配。数が多い、群れか？　いや、それにしては歪《いびつ》だ。こちらに向かっている。

だがそれよりも、自身と同等の『竜』の気配が交じっている。まあ自分なら勝てるだろうが、ここにいる者は大勢死ぬだろう。

まだ距離はある。移動速度から考えてここへ着くまでまだ数日はかかる。

さて、こういうときはどうしろと言われたか。そうだ、『チチ』だ。チチに報告だ。

「いや、待て……」

これはかなり重大な出来事である可能性がある。そう、そうだ。これは重大な出来事だからまずは『チチ』ではなく主の『ルーク』に報告した方がいい。

これは真っ当な判断だ。あとで『なぜ、俺に報告しなかった？』と怒りを向けられてはたまったものではない。そうだ、これは全くもって仕方のないことだ。

このように、至って仕方のない理由によりディアは無属性魔法である『念話』を発動した——。

3

帝城にて、主に使用人として働く貴族子女のなかでも最も階級の高い者たちの住まう居館。

その一角がルークたちの仮の住まいとして与えられていた。本来、他国の貴族が帝国を訪れた際はそれなりの貴族の館、もしくは修道院などを確保するのが一般的であるのだが、王国の貴族となれば話が別だ。

他と同様の扱いをした、という事実そのものが帝国にとってリスクとなる可能性がある。ゆえに特例として、帝城の一角が仮の住まいとして与えられたのだ。もちろん、この決定に至るまで白熱した宮廷会議が何度も開かれたのだが。

「悪くない国だ。さすが騎士の国といったところか。王国騎士とは比較にならん」

「元王国騎士としては、耳が痛い話でございますな」

「クク、お前がいた頃のことは知らんさ」

アルフレッドの手伝いのもと、ルークはゆっくりと袖に手を通す。目線の先では、綺麗《きれい》な隊列を組んだ帝国騎士たちが剣を振るっている。少し離れた場所では実践形式の訓練をしている者たちもいる。当然のごとく『スキル』を使いながら。

帝国騎士とはいうなればこの国の主戦力。まさしく軍事に関わることなのだが、これをあえて隠すことなく見せる、というのも会議の末に決まったことだ。本当に隠したいことから目を逸らすと共に、反抗の意思など皆無であると表明する意図がある。

「どうだ、お前の目から見て」

「はい、ルーク様のおっしゃる通りかと。末端の者ですら、王国では一級の実力と言えるでしょう」

アルフレッドの答えを聞き、ルークは満足そうに薄く笑った。そして、そのまま言葉を続けた。

「じゃあ、昨日のアイツはどうだった？」

「……ふむ」

アルフレッドは少しだけ思案を巡らせる。ルークが指す人物が誰であるのかはすぐに分かった。

「正直に申し上げますと……分からない、と答える他ありません」

「…………」

ルークが突然馬車を降りたことで、帝国の民のみならず第一皇子すらも大きく狼狽《ろうばい》したあの日。

(極めて特殊な魔力を『左目』のみに持ったあの女。最初に興味を引かれたのはソイツだったが……)

その近くにいたあまりにも異質な男。ルークの関心はすぐさまその者へと移った。——どこか『アベル』に似た、理解不能な力を感じたからだ。

「戦士としては二流……と思うのですが……」

「クク……なんだ、随分と濁すじゃないか。まあ、そうなるのも分かるがな」

ルークとアルフレッドの評価は概《おおむ》ね一致していた。その所作を見れば、戦士としての力量は何となく分かるもの。その男に対し二人が感じたのは『凡庸』。身体は鍛え抜かれていたが、それ以外に目立った箇所のない戦士。かといって魔力的に優れているわけでもない。

しかし——

「俺の勘がアイツは『強者』であると言うのだ。それも比類なきほどに、な」

「ええ、私も理屈ではなく直感で強者であると感じました。……思わず剣を抜きそうになりましたよ」

そう、その所作や佇《たたず》まいに相反して男が纏《まと》うは強者の気配。この歪さがどうにも拭えぬ違和感となっていた。

「……なんだ」

しばらく思案を巡らせていると、誰かが扉を叩《たた》いたようだ。

アルフレッドがその扉を開ければ、

「あ、アルフレッドさん！　おはようございます。ルークくんいますか？」

彼の旧友、エルカ・アイ・サザーランドの弟子である黒髪の青年がそこにはいた。

§

「……城にいやがんのか」

精霊眼を持つハーフエルフの少女、ミーティ。幸か不幸か、意識すれば彼女にはあの王国からやってきた者たちの位置が分かってしまう。

そのせいでつい目を向ける。どれだけ離れていようと感じるその圧倒的気配に、心がざわめく。この国の人間であの集団の危険性を真に理解している者が一体どれほどいるのだろうか。精霊の寵愛《ちょうあい》を一身に受けたあの金髪の青年だけではない。常軌を逸した魔力を持つ者があと二人もいた。この三人がその気になれば、最悪国が滅ぶ。だというのに、

「サイラスの野郎……どうせまだ呑気《のんき》に寝てやがんだろうなッ！」

その怒声に周囲の人間が思わず目を向けるが、彼女は一切気にすることなく歩みを進める。そんなことよりも、この国の最高戦力が全くもって危機感を持っていないことが問題だ。これを抜きにしても剣聖祭が間近に迫っているというのに、あの体たらくは絶対に間違っている。

「クソッ、また今日もアタシが叩《たた》き起こして――」

何かが壊れるかのような静寂を破る音。誰もが足を止めるようにミーティも立ち止まり、目を向けた。そこにあったのは無惨に割れた植木鉢と、頭から血を流し倒れ伏す白髪の少年。

ミーティはすぐさま駆け寄った。

「テメェら見てるだけなら消えやがれッ！　おいお前、大丈……ってお前かよ」

彼女のものよりもやや長い耳を持つ青年。

「――アーサー、テメェこんなところで何してんだ？」

「いやぁ……あはは、久しぶりだねミーティ。――あばばばば」

血塗《ちまみ》れの青年は疲れたように笑った。ミーティは呆《あき》れつつ、その顔にポーションを荒々しくぶっかけた。だが彼女は知っている。誰の目にも人畜無害そうに映るこのエルフの青年が、テロ組織『ヴリトラ』のリーダーを務めていることを。

「……何度も言ってるが、アタシはお前らんとこには行かねぇぞ？」

「うん。残念だけど、無理強いするつもりはないよ。実は今日帝都に来た理由は別にあるんだ。それは――」

――そして、捻《ね》じ曲がり続けた運命は交錯する。

「そこにいたか、ハーフエルフの女」

なぜ、こんな近くに来るまで気づかなかったのか。その声は一度聞いただけにすぎないが、振り向かずともミーティにははっきりと分かった。

あの精霊に愛されし青年が、そこにいるのだと――。

§

彼の身体能力をもってすれば、侵入はあまりにも容易《たやす》いことであった。加えて、あらゆる状況にも対応できるよう様々な魔道具を装備している。誰であろうと、彼に気づくことすら叶《かな》わないだろう。帝都にはあらゆる外敵の侵入を阻む魔法兵器が備えられているが、全く問題とはならない。

魔道具により『不可視』の存在となり高所に移動、街を見渡す。さらに別の魔道具を起動し、あらゆる魔力が可視化され——見つけた。

「………」

だが、ここで問題が発生。想定を遥《はる》かに超える魔力量だ。これでは直接干渉することはできない。しかも目的の人物の他にも二人、尋常ではない魔力量を持っている者がいる。

ならば、と次に彼の目に映るのは二人。執事らしき老公、そして黒髪の青年だ——。

§

平時でさえ騒がしいほどの熱気が帝都には渦巻いている。明日に剣聖祭を控えているこの時期ならば尚更《なおさら》だろう。ただし、帝都の中でも特に栄えたこの大通りには僅かに異様な雰囲気が漂っていた。街行く人々は皆一様に道の傍《かたわ》らを歩き、横目で何かを気にしているのだ。

「ル、ルークくん……僕たちすっごく見られてる……よね。なんだか落ち着かないよ……」

「堂々としていろ。仮にもお前は今俺の隣を歩いているのだ。みっともない真似《まね》はするな。……だが確かに、有象無象共の盗み見るような視線は不快だ」

「繰り返すが、我々は国際交流の一環として帝都に来ている。問題は起こしてくれるなよ？」

その理由は火を見るより明らか。王国の服に身を包んだ三人の人間が歩いているからだ。意識するなという方が無理な話である。

その三人とはルークとアベル、そしてフレイアだ。事の始まりは「帝都を見に行こうよ！」というアベルの一言。ちょうどルークにも帝都に赴く理由があったためそれを了承。フレイアはその引率である。正確には三人ではなく、彼らの後方には二名の帝国の精鋭騎士が随行している。万が一にも無礼を働く者がいれば即刻断罪する必要があるからだ。

「せっかくの機会だ。何か食べるというのも悪くない。帝国の食文化を学ぶという意味でもな」

フレイアは表情を一切変えることなく言う。しかしそれとは裏腹に、彼女の心中は穏やかではなかった。

(もう帰りたいよお姉ちゃああああああん！　昨日は枕がどうにも合わなくて全然眠れなかったし、逆にお姉ちゃんはお話したいのにすぐに寝ちゃうし、ていうか王国を出たときから慣れないこと多すぎてずっと緊張しっぱなしでほんともう限界！　……ううん、ダメよフレイア！　あなたがこんな弱気になってどうするの！　私以上に不安がいっぱいなはずの生徒たちを、一体誰が導くというのよ……！)

フレイアは元々美人特有の冷たさを強く感じさせる鋭い目つきをしているのだが、今の彼女は睡眠不足によりさらにその鋭さが増している。傍から見れば単なる機嫌の悪そうな女性なのだが、その心中では猛烈に己を奮い立たせていた。

「そうだな……例えば、そう……甘味《かんみ》なんてどうだ？」

彼女は提案する。そこに己が欲望は微塵《みじん》もなく、あくまでも生徒のことを第一に考えた結果この提案に至ったのである——といった様子で。

「いいですねフレイア先生！　帝国の料理ってものすごく美味《おい》しいんで、甘いものも食べてみたいです！　ルークくんもどうかな！」

「……まあ、いい」

「ふむ、決まりだな。では行くぞ」

　実のところ、ルークも甘いものが嫌いではなかった。

　フレイアは心の中で大いに歓喜する。彼女には珍しく、極僅かにであるがその歩みが軽やかなものとなるほどに。

「そういえば、アルフレッドさんはどうしたの？　お城を出るときは一緒にいたと思うんだけど……」

「お前が気にする必要はない……クク」

「……ルークくん、絶対悪いこと考えてるよね……」

　アベルの何気ない問いに、ルークは笑みで応えた。どうにも嫌な予感がするアベルであったが、これは今に始まったことではないと諦めた。

「それにしても……」

　ルークは帝都を見渡す。あらゆる面で王国よりも栄えているということだ。

　剣聖祭のメイン舞台たる闘技場があるのはもちろんのこと、美術館や劇場、音楽ホールなどが点在し、芸術鑑賞もできるし文化的にも優れている。魔道具の発展も凄《すさ》まじい。上空には帝都を包むほど巨大な『魔法障壁』が展開され、城壁の上には見たことのない魔法兵器がいくつも設置されている。

「皮肉なものだ。『騎士の国』がミレスティアよりも魔法技術が進んでいるとは」

不愉快、という感情がルークの心に芽吹く。自身の住まう国よりも他国の方が優れているという事実が許せないのだ。

「いっそのこと俺が王にでもなって——ん？　おい、待てフレイア」

「先生をつけろ。どうした」

唐突に身体の向きを変えるルーク。その一挙一動に異様な緊張が走る。そして、誰もが察する。ルークが向かう先、それは——

「そこにいたか、ハーフエルフの女」

「……なっ！　ど、どうして」

特殊な魔力を左目のみに宿す、興味が尽きない少女。酷《ひど》く狼狽《ろうばい》する彼女にルークは笑みを浮かべながら歩み寄り、そして気づく。純白の髪に蒼《あお》い目。どことなくアベルと似た雰囲気を感じる、ポーションでべちゃべちゃになっているエルフの青年がいることに。

「おい、ギルバート。何かあったのか？」

「あっ、君はあのときの……！」

フレイアとアベルも合流した。

「は、初めまして！　王国の方々！」

おどおどとし、あまりにも覇気のない青年は慌てて頭を下げた。

「……なんだ、お前？」

「え……あの、なんだと言われましても……あ、アーサーと言います。見ての通りエルフです……」

王国が亜人種を差別しているのを知っているのか、エルフの青年は窺《うかが》うような視線を向ける。ただルークの抱く違和感の正体はそんなものではない。エルフという種族は魔法に優れている。あまりにもよく知られた事実だ。実際、ハーフエルフの少女から感じる魔力量も極めて膨大だ。

しかし、アーサーと名乗るこのエルフからは全く魔力を感じないのである。

（クク……全く、この女の周りにはいつも面白い奴《やつ》がいるな。——そうだな、実験してみるとするか）

初めて彼女と出会ったときのことを思い出しながら、そんなことを考えた。

「ルーク・ウィザリア・ギルバートだ」

そう言って手を差し出した。それが意味するのは友好的な握手。ルークのこの行動にアベルは声を上げて驚くが、彼はその一切を無視した。

「あ、あぁ！　これはこれはどう――ブベッ」

アーサーもまた握手をしようと手を伸ばすが、ここでまたしても不幸な出来事が起きる。どういうわけか彼の足元に落ちていた果物の皮に足を滑らせ、地面に顔面を強打してしまったのだ。だが、アーサーにとってこの程度のことは日常茶飯事。鼻血を垂らしたまますぐに立ち上がった。

「…………」

「し、失礼しました！　アーサー・ペンドラゴンです！　よろしくお願いします！」

そして、握手を交わした。ルークは無表情で、アーサーは疲れたように笑いながら。だが、その心中ではお互いに様々な感情と思考が入り乱れる。ルークは知りたかった。目の前にいるエルフがなぜ魔力を『隠している』のか。ハーフエルフの少女同様に珍しいものが見られるのではないか。そう、これは単なる好奇心にすぎなかった。

アーサーの正体を知るハーフエルフの少女、ミーティは息が詰まる思いで二人を見守る。何も起こらないことを願いながら。

「……ッ」

しかし、突如としてアーサーが僅かに苦悶《くもん》の表情を浮かべる。その原因はルークだ。手を介し、直接闇の魔力をアーサーにぶつけたのである。目的は彼の身につけるペンダントの破壊。このペンダントによって彼は自身の魔力を隠していると直感したからだ。

何の根拠もありはしない。だが、己が直感は事実に等しいという、あまりにも傲慢な自信がルークにはあったために微塵の躊躇《ためら》いもありはしなかった。

「…………」

ここでルークもまた驚くこととなる。全てを呑み込む闇の魔力が弾かれ拒絶されるという、初めての感覚を味わったからだ。多少ヨランドのそれと似てはいるが、ここまで明確に拒絶されはしなかった。しかし、魔力を奪うことが目的ではないため問題はない。

目論見《もくろみ》通り、手を介して流れ込んだ闇の魔力がペンダントを破壊する。その瞬間――

「――ッ」

暴風が吹き荒れたかと錯覚するほどの膨大な魔力が溢《あふ》れ出す。ルークに言葉を失わせるほどのそれは、氷竜のディアと対峙《たいじ》したときでさえ抱くことのなかった『危機感』を抱かせた。今、まさしく命の危機に瀕《ひん》している。それだけの生物が目の前にいるのだという確信。

そして――その魔力は『光』を宿していた。

「離れろッ!!　――『風の障壁』ッ!!」

次に行動したのはフレイアだった。敵であると決まったわけではない。だが最悪の事態を想定し、敵と仮定して行動しなくてはならないと即座に判断したのだ。彼女の持つ属性『風』により、アーサーとルークの間に障壁を展開。

「え、うわあああああ！」

次に、ルークとアベルの安全を確保するために魔法を使用。アベルは吹き飛ばされるように風に運ばれていったが、ルークはそれを闇魔法により無効化した。

「何をしてるッ！　私は離れろと言ったぞッ！」

「馬鹿を言え。この俺が逃げるわけないだろうが」

獰猛《どうもう》な笑みと共に闇の魔力が溢れ出す。周囲の人間もその肌で危機を察知し、恐慌状態となって逃げ出した。ルークたちの後方に控えていた二人の騎士も、ありとあらゆる強化スキルを発動させながら走りだす。事態はまさしく一触即発。だが、

「すみませええええん！　争うつもりはこれぽっちもありませえええええん！」

アーサーは地面に頭をつけ、全身全霊をかけて謝罪していた。

§

「……僕、どこまで飛ばされるんだろう」

フレイアの魔法による風に運ばれるアベル。実のところ、彼の力ならばこの魔法の風から抜け出し、ルークのもとへ向かうこともできる。魔法は得意ではないアベルだが、アーサーというエルフがとてつもない力を持っていることは分かった。

しかし、嫌な感じがしなかったのだ。悪い人ではない、なんとなくそう思えてならない。

（少なくとも、悪意は感じなかったな……）

多くの負の感情に晒《さら》されてきた経験を持つアベルであるからこそ、分かることであった。

そして何より、ルークが誰かに敗れる姿が想像できない。そこには全幅の信頼があった。

アベルにとってルークという存在は、それほど大きなものとなっていたのだ。

とはいえ、このままどこまでも運ばれていくわけにもいかない。ルークたちのもとへ戻ろうと行動を始め、

「見つけた」

「え？」

何者かに摑《つか》まれた。
そして振り返る間もなく、景色が切り替わった──。

あとがき

お久しぶりです。黒雪《くろゆき》ゆきはです。

『極めて傲慢たる悪役貴族の所業』三巻、いかがだったでしょうか。皆様の暇潰しに少しでも貢献できたのなら、これほど嬉《うれ》しいことはありません。

今回は本来の主人公である「アベル」の成長と活躍がメインでした。

程度の差こそあれ、主人公には必ずご都合展開というものが存在すると私は考えております。昨今のライトノベルでは特に顕著といえるでしょう。週刊少年誌掲載の冒険と成長を題材にしたバトル漫画であっても、敵が弱い順に登場したり、格上の敵でも能力の相性が良かったがゆえに倒せたりと、やはり主人公にとって都合のよい展開というのは確実に存在します。

これは、ある種主人公の特権であると私は考えました。

では、今作の「アベル」はどうでしょうか。ルークという強烈すぎる異分子が紛れ込んだとはいえ、本来の主人公は彼なのです。単なるモブの一人で終わる方がむしろ不自然ではないでしょうか。少なくとも私はそう考え、今巻を執筆いたしました。今後彼がどのように成長し、どのような影響をルークに与えるのか、といった点も楽しみにしていただければ幸いです。

話は変わりますが、もうすぐ本作のコミカライズ版を目にすることができそうです。わくわくです。感謝感激です。

無知な私がここまでやってこられたのは編集の木田様、毎回とても素敵なイラストで本作を盛り上げてくださる魚《うお》デニム様、そして何より、ずっと応援してきてくれた読者の皆様のおかげです。本当にありがとうございます。

これからも精進してまいりますので、何卒《なにとぞ》よろしくお願い申し上げます。

極《きわ》めて傲慢《ごうまん》たる悪役《あくやく》貴族《きぞく》の所業《しよぎよう》Ⅲ

著　黒雪《くろゆき》ゆきは

角川スニーカー文庫　24152

2024年6月1日　初版発行

発行者　山下直久

発　行　株式会社KADOKAWA
〒102-8177 東京都千代田区富士見2-13-3
電話　0570-002-301（ナビダイヤル）

印刷所　株式会社暁印刷

製本所　本間製本株式会社

◇◇◇

Printed in Japan　ISBN 978-4-04-114919-5　C0193

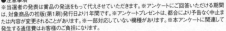

★ご意見、ご感想をお送りください★
〒102-8177 東京都千代田区富士見 2-13-3
株式会社KADOKAWA　角川スニーカー文庫編集部気付
「黒雪ゆきは」先生「魚デニム」先生

角川文庫発刊に際して

角　川　源　義

第二次世界大戦の敗北は、軍事力の敗北であった以上に、私たちの若い文化力の敗退であった。私たちの文化が戦争に対して如何に無力であり、単なるあだ花に過ぎなかったかを、私たちは身を以て体験し痛感した。西洋近代文化の摂取にとって、明治以後八十年の歳月は決して短かすぎたとは言えない。にもかかわらず、近代文化の伝統を確立し、自由な批判と柔軟な良識に富む文化層として自らを形成することに私たちは失敗して来た。そしてこれは、各層への文化の普及滲透を任務とする出版人の責任でもあった。

一九四五年以来、私たちは再び振出しに戻り、第一歩から踏み出すことを余儀なくされた。これは大きな不幸ではあるが、反面、これまでの混沌・未熟・歪曲の中にあった我が国の文化に秩序と確たる基礎を齎らすためには絶好の機会でもある。角川書店は、このような祖国の文化的危機にあたり、微力をも顧みず再建の礎石たるべき抱負と決意とをもって出発したが、ここに創立以来の念願を果すべく角川文庫を発刊する。これまで刊行されたあらゆる全集叢書文庫類の長所と短所とを検討し、古今東西の不朽の典籍を、良心的編集のもとに、廉価に、そして書架にふさわしい美本として、多くのひとびとに提供しようとする。しかし私たちは徒らに百科全書的な知識のジレッタントを作ることを目的とせず、あくまで祖国の文化に秩序と再建への道を示し、この文庫を角川書店の栄ある事業として、今後永久に継続発展せしめ、学芸と教養との殿堂として大成せんことを期したい。多くの読書子の愛情ある忠言と支持とによって、この希望と抱負とを完遂せしめられんことを願う。

一九四九年五月三日

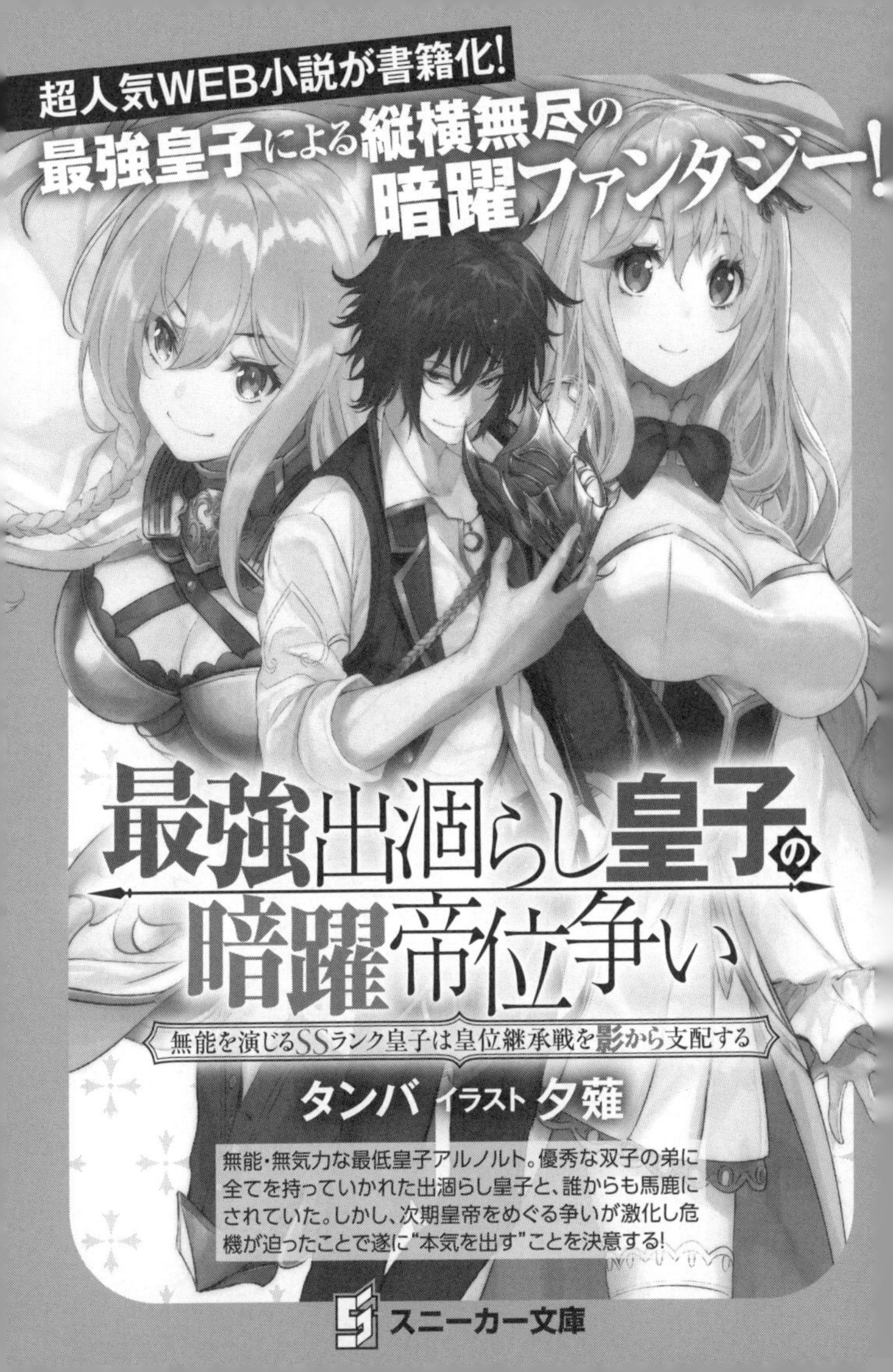
超人気WEB小説が書籍化!
最強皇子による縦横無尽の
暗躍ファンタジー!
最強出涸らし皇子の暗躍帝位争い
無能を演じるSSランク皇子は皇位継承戦を影から支配する
タンバ イラスト 夕薙
無能・無気力な最低皇子アルノルト。優秀な双子の弟に全てを持っていかれた出涸らし皇子と、誰からも馬鹿にされていた。しかし、次期皇帝をめぐる争いが激化し危機が迫ったことで遂に"本気を出す"ことを決意する!
スニーカー文庫

物語に一切
関係ないタイプの
強キャラに
転生しました
Reincarnated as a type of Kyouchara
that has nothing to do with the story
音々
イラスト
Genyaky
ただ偶然、
そこにいただけの――
最強。
和製RPG『ネオンライト』に転生したものの、
ゲームに登場しないくせに冗談みたいなスペックの最強キャラに転生した主人公。物語の流れに干渉しないよう大人しく生きるが、素知らぬところで世界は捻じ曲がる――。

スニーカー文庫

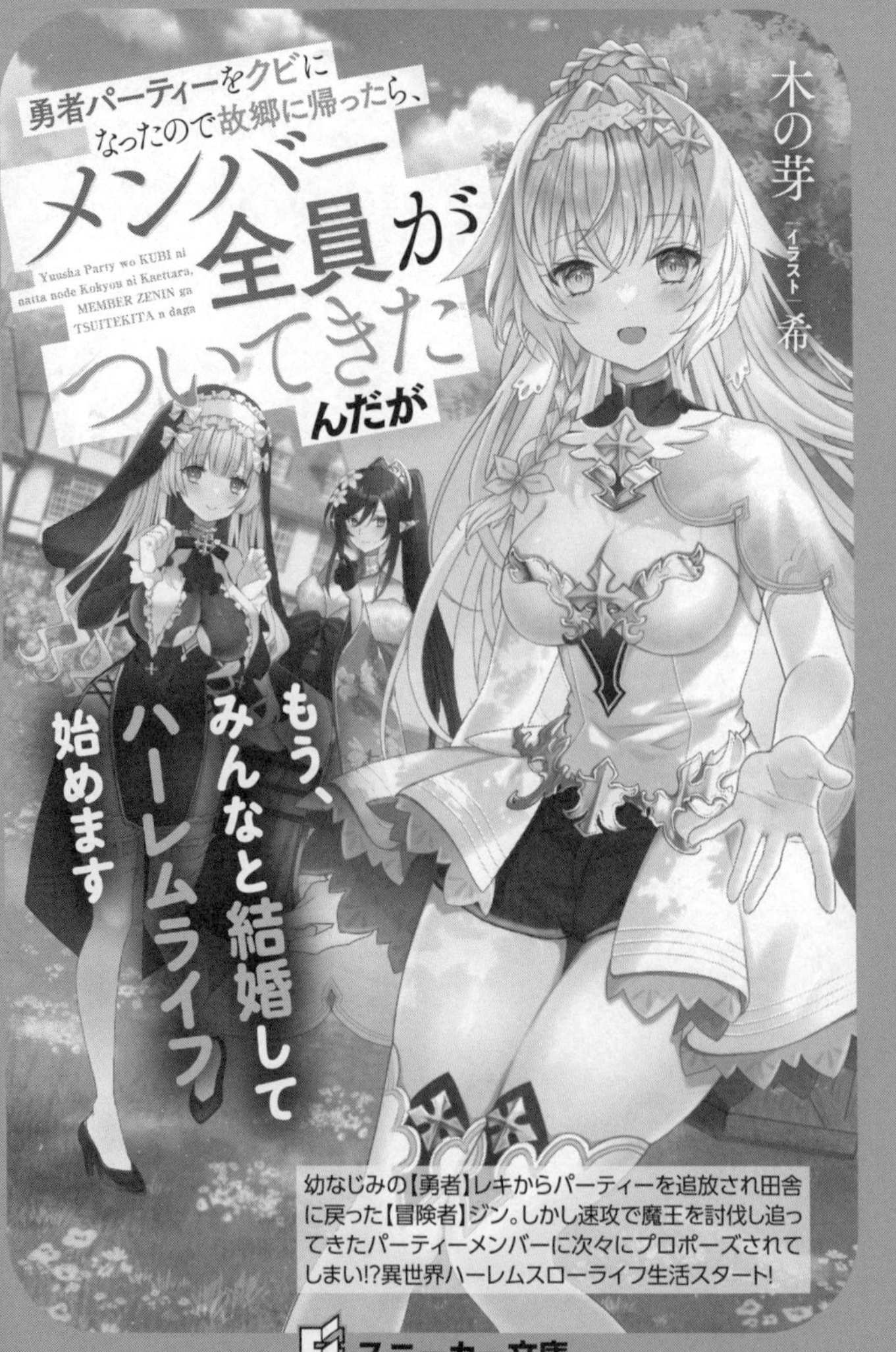

勇者パーティーをクビになったので故郷に帰ったら、
メンバー全員がついてきたんだが
Yuusha Party wo KUBI ni natta node Kokyou ni Kaettara, MEMBER ZENIN ga TSUITEKITA n daga
木の芽
［イラスト］希
もう、みんなと結婚してハーレムライフ始めます
幼なじみの【勇者】レキからパーティーを追放され田舎に戻った【冒険者】ジン。しかし速攻で魔王を討伐し追ってきたパーティーメンバーに次々にプロポーズされてしまい!?異世界ハーレムスローライフ生活スタート!
スニーカー文庫

すめらぎひよこ
illustration
Mika Pikazo
background painting
mocha
ep.1
魔王城、燃やしてみた
我が焔炎にひれ伏せ世界
12年ぶり「大賞」受賞作!
最強爆焔娘の異世界コメディ!
（あわよくば何か燃やしたい……）という欲求を抱いていたホムラは異世界へと招かれる――。燃やすことこそ大正義! 焼却処分はエクスタシー!! 圧倒的火力で世界を制圧していく残念美少女ホムラの行く末は!?
第27回
スニーカー大賞
大賞
スニーカー文庫
The Devil's Castle, Burning
By my flame the world bows down
スニーカー文庫

みょん　Illust. ぎうにう
男嫌いな美人姉妹を
名前も告げずに助けたら
一体どうなる？
早く私たちに
溺れればいいのに
──濃密すぎる純情ラブコメ開幕。
1巻
発売後
即重版!
学年一の美人姉妹を正体を隠して助けただけなのに「あなたに隷属したい」
「君の遺伝子頂戴?」……どうしてこうなったんだ？　でも“男嫌い”なはずの姉
妹が俺だけに向ける愛は身を委ねたくなるほどに甘く──!?
スニーカー文庫

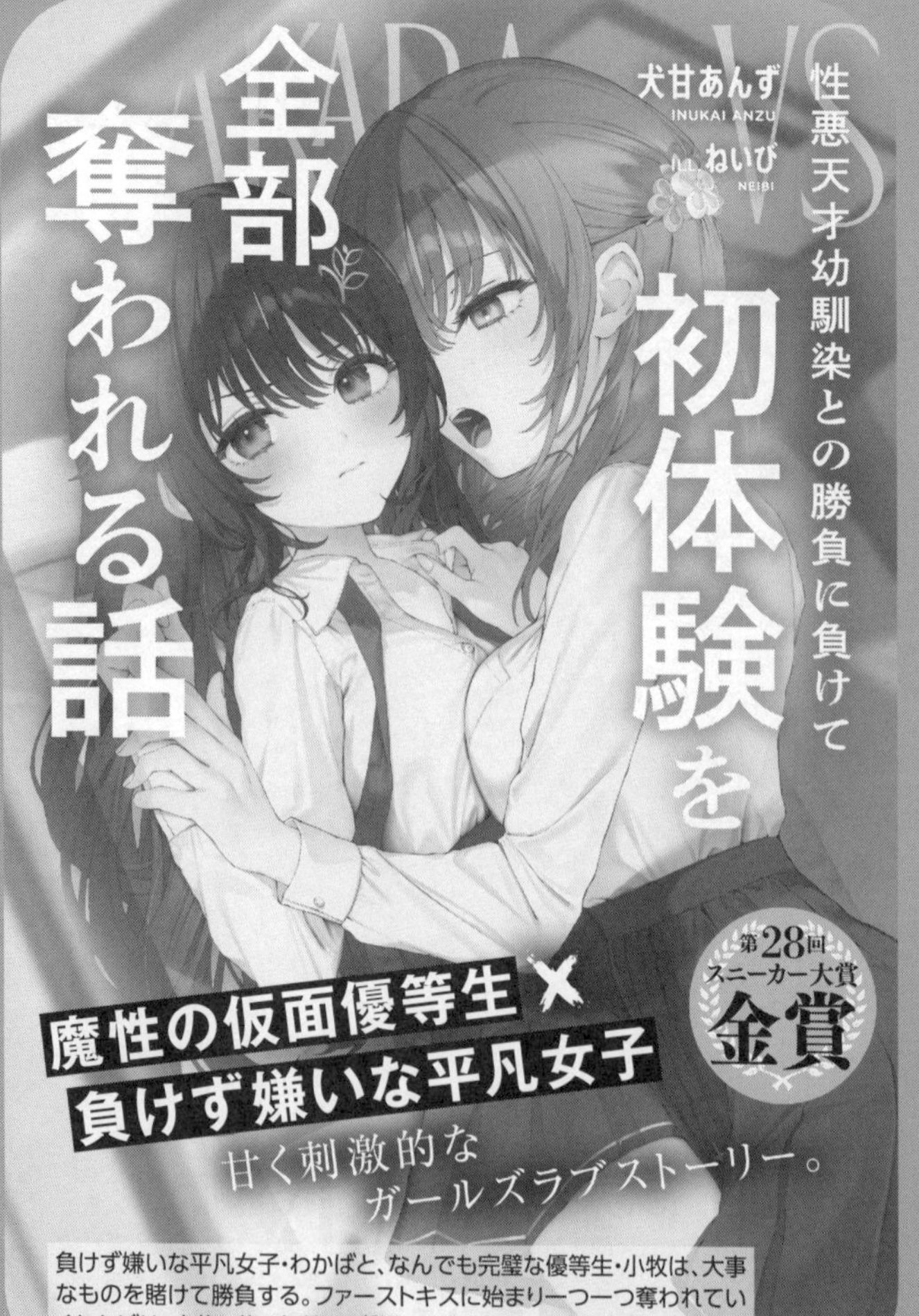
性悪天才幼馴染との勝負に負けて
初体験を
全部奪われる話
犬甘あんず
INUKAI ANZU
ILL. ねいび
NEIBI
第28回
スニーカー大賞
金賞
魔性の仮面優等生 ×
負けず嫌いな平凡女子
甘く刺激的な
ガールズラブストーリー。
負けず嫌いな平凡女子・わかばと、なんでも完璧な優等生・小牧は、大事なものを賭けて勝負する。ファーストキスに始まり一つ一つ奪われていくわかばは、小牧に抱く気持ちが「嫌い」だけでないことに気付いていく。

スニーカー文庫

きみの紡ぐ物語で
世界を変えよう。
第30回
スニーカー大賞
作品募集中！
大賞 300万円
+コミカライズ確約
金賞 100万円
銀賞 50万円
特別賞 10万円
締切必達！
前期締切
2024年3月末日
後期締切
2024年9月末日
詳細は
ザスニWEBへ
https://kdq.jp/s-award
イラスト／カカオ・ランタン